ウェネツィアの家族

辻田希世子
Tsujita Kiyoko

Venezia, una famiglia

社会評論社

ヴェネツィアの家族　目次

潟のなかの暮らし

潟のラブストーリーズ

舌の思い出

ヴェネツィア以前

仕　事

家族

はじめに

ヴェネツィアから東京に戻ってきて、十七年になる。
その間、何度か仕事が変わり、白髪が増えた。当時、小学一年生だった子どもは、この春、大学を卒業した。

ヴェネツィアには十年余暮らした。ヴェネツィア人の夫、家族、友人、仕事仲間――彼らとずっと、ヴェネツィアで生きていくと思っていた。が、ものごとはそのように進まず、離婚し、帰国することになって道が分かれた。

うしろ向きな決断ではなかったものの、挫折感はぬぐえなかった。長い年月をかけて作った人間関係、やっと軌道に乗せた仕事を置いていかねばならない。しかし、それを思うと心がざわつくので、前だけを見るようにした。ヴェネツィアの家族との交流はつづいていたが、そこで過ごした日々のことは括弧で閉じ、東京で新しい生活を築くことに専念した。

子どもが大学に入ってようやく余裕ができ、なにか新しいことをやってみようと五年ほど前にブログを始めた。最初は語学の学習法などについて書いていたのが、昨年になってヴェネツィアのことを書き出した。

それまで長いあいだ思い返しもしなかったのに、ここに来てそんな気になったのはなぜだろう。子育てが終わり、もうふり返ってもいいと思えるようになったのか。それとも、記憶の引き出しに閉じ込めてあった面影や出来事が、心の扉をたたいたのだろうか。

書くことを通して、記憶の階段を、一段一段、降りて行った。

なつかしい面々と再会する。すでに鬼籍に入った人もいる。いい思い出ばかりではない。思い出したくないこと、苦い思い出もよみがえるが、書き進めるうち、そのころは見えていなかったことが、まるで炙り出しの絵のように浮かび出てきた。

なぜ、ヴェネツィアで暮らすことになったのか。なぜ、この人たちとかかわることになったのか。なぜ、こういうできごとが自分に起きたのか——。

書きつづけていて、あるとき、なにかが胸にストンと落ちた。

心の整理がつかず、長年うっちゃっておいたヴェネツィアの日々が、わたしのなかでようやく、おさまるべきところにおさまりつつある……。

潟のなかの暮らし

La vita in laguna

画像：Unsplash の Andreas M が撮影した写真

ラグーナで生きる

なんだかんだと十二年もいたが、潟（laguna ラグーナ）のなかで暮らすというのは、やはり独特。ヴェネツィアはご存知、潟のなかに作られた水辺の町。とはいっても、行く前には想像がつかなかった。

「水の上に町があるってどういうこと？」

「道が水でできているのよ」

前に行ったことがある友だちが教えてくれたが、想像がつかない。それがヴェネツィアの駅を出たら、たしかに目の前にはアスファルトの道のかわりに水路が、車のかわりに船が走っていた。ほんとだ！ ほんとうに道が水でできている。

モーターボートで島めぐりをすると、海のなかにファーロと呼ばれる木の標識がいくつも立って水路を示している。ほんとうに海を道として使っているんだ……。

こんな小さな潟から船を漕ぎ出し、ギリシャへ、トルコへ、はては中国まで行ったヴェネツィア人たち。深く感動し、魅せられたのをおぼえている。

のちに、縁あって、自分もラグーナの住人になった。水の上に住むなんて楽しすぎる！と、最初のころは毎日わくわく暮らしていた。迷路のような町のすみずみまで歩きまわり、船のバスで島をめぐった。有名な「acqua alta（アクアアルタ）」と呼ばれる高潮による冠水さえ、おもしろがっていた。

また、すぐそこにある運河や海は、季節や天気でまったく異なる表情を見せてくれる。おだやかな春の、風のない日には、運河の水面は「come olio（油のよう）」にとろりとしていて、静物画のようだ。夏の、嵐の日には、容赦ない雨風に打たれて乱れ、暴れ、こちらの感情までかきたてる。あざやかに五感にうったえてくる自然の表情を見ていて、ヴィヴァルディの「四季」は文字通り、この町の音楽スケッチだったのだ、と感じた。

「ヴェネツィア暮らしは不便でしょう？」とよく言われる。それはもう、そのとおりだ。現代の生活で車が使えないということは、中世のテンポと静けさのなかで暮らすようなものだから……。しかし、慣れるとそれも悪くない。

夜、寝ていると、闇のなかでピチャ、ピチャ、と静かな水音が聞こえる。運河の壁に波が当たる音だ。最初は気になって眠れなかったが、いつも聞いているうちに子守唄のようになった。朝は、かもめや小鳥の鳴き声で目覚める。

もともと海を自然の要塞とする目的で作られた町だけあって、ラグーナの暮らしには外界から守られた小宇宙のような安心感があった。


ヴェネツィアの独自性を受け入れれば、ヴェネツィアのほうでもこちらを受け入れてくれる。しかし、月並みな利便性を求めようとすると翻弄された。

ヴェネツィアは、迷宮のような町、とよくいわれる。潟の地形に合わせて作ってあるから、どうしたって碁盤の目のようにはならない。地図で見てもよくわからないから、勘で、これが近道と思って行ってみると、運河に突き当たってデッドエンド、ということがよくあった。

また、建物の表玄関になかなかたどり着けない。ふつうは建物の表玄関というのは表の道にあるが、ヴェネツィアでは運河がメインロードだから、大きな館は表玄関が運河に向いている。船で行かないと表玄関につけないのだ。それを知らずに地図をたよりに陸の道を行き、館まではたどり着いているのに入り口がなかなか見つからない、ということも何度もあった。

ヴェネツィアの人に道をたずねると、決まって「sempre diritto（ずっと道なりに行って）」と言われるのだが、新参者にはそんな説明ではわからない。でも、それ以外に説明のしようもないことも、あとになってわかった。世田谷の、田んぼのあぜ道からできたと言われているタクシー泣かせの曲がりくねった道と同じで、細かく入り組んだ道のりなど、とても説明しきれないのだ。今ならgoogle mapでたどりつけるのかもしれないが、どうだろう。sottoportego（建物の下を通り抜ける道）なんて、どう示すのだろう。

自然の脅威も身近に感じる。アクアアルタ。嵐。雪。暑さ――。ふつうの陸の生活なら車で別の場所に移動して避難することもできるが、ヴェネツィアではそうはいかない。雨や雪が降っても太陽に照りつけられても、歩くしかないから、暑さ、冷たさ、湿度といったものをまともにくらう。

それでも何年か住むうち、どこも迷わずに行けるようになった。悪天候やストライキなどの不測の事態も、だいたいは想定できるようになった。それでも予測しきれなかったことがあった。

海が凍ったのだ。

その朝、私は生後六ヶ月の子どもを連れて日本に帰国するため、自宅前からヴェネツィア・マルコ・ポーロ空港まで、モーターボートのタクシーを頼んでいた。海路なら三十分で着く。仕事に出かける夫を見送り、出発前の最後の点検をしていると、呼び鈴が鳴った。見ると、運転手さんだ。

「海が凍っちゃったんで空港まで行けません」

「ええっ？　凍った？　海が？」

さすがにそこまでは予想できなかった。だけどそういえば、以前、クエリーニ美術館で、凍ったラグーナでスケートをする絵を見たことがあったのを思い出した。でもあれは遠い昔の話。少なくともここ五、六年は凍ってないし、そんな注意を受けたこともない。

しかし、そんなことといっても始まらない。間に合わなければ日本までの航空券がパアになる。はてさて、どうしたものか。

「湾外から空港までが凍ってる。大運河は大丈夫だからとりあえずローマ広場まで行く？」

ローマ広場はヴェネツィアの陸路の始点。そこからは空港へのタクシーもバスも出ている。

「そうします」

わたしはスーツケースを運転手さんに預けると、赤ちゃんを抱えてモーターボートに乗った。ローマ広場に着くとタクシー乗り場には長い行列。しかしそのとき、今まさに出発しようとしているバスが目に入った。空港行き、と書いてある。

わたしは赤ちゃんを抱いたままスーツケースを持って走り、バスを止めた。バスの運転手さんには危ない！　とすごく叱られたが、なんとかバスに乗り、飛行機に間に合った。

そんなこんなで、ヴェネツィア独特の構造や自然環境にはずいぶんふりまわされた。アクアアルタも、最初のうちこそ観光客のようにおもしろがっていられたが、暮らしているうちにそんなことは言っていられなくなった。

居住階は二階だったのでうちは浸水の心配はなかったが、通勤や買い物、子どもの保育園の送り迎えといったときにアクアアルタが重なると、めんどうきわまりない。長靴をはいたり、迂回したり、passarelleと呼ばれる仮設の木の渡し廊下をほかの人とゆずりあいながら渡ったり。しかし、それはヴェネツィアの生活についてまわるものであり、住民たちはしかたないとあきらめていた。

それが、何年か前から変わったらしい。高潮による冠水を防ぐ「モーゼ」と呼ばれる装置が稼働されるようになり、これが本当に機能して、大型のアクアアルタを防げるようになったという。実に画期的なことだ。

モーゼとは、海と潟の間に作られた可動式巨大水門のこと。高潮の際に七十八枚の巨大な壁が立ち上がり、海を堰き止める。モーゼ計画は一九八〇年代から始まっていたが、資金不足や汚職スキャンダルなどで頓挫し続け、長らく、永久に未完のプロジェクトに終わるのかと思われていた。それがとうとう実際に使われるようになった。隔世の感がある。

ただ、起動には莫大な費用がかかる。ガゼッティーノ紙によると、その額、なんと一回三十万ユーロ（約四千万円）超！　よって、今のところは大型の高潮にのみ運用されているそうだ。

モーゼにはもうひとつ問題があって、稼働により、潟の生物多様性が損なわれる危険があるという。これは心配だ。

ヴェネツィアといえばサンマルコ広場、総督宮殿といった華麗な町をイメージするが、町を取り囲む潟には豊かな自然があり、キオッジャでは漁業が、サンテラズモ島では農業が行われている。ヴェネツィア映画祭で有名なリド島も、ちょっと中心から離れれば手つかずの美しい海と林が広がっており、わたしはタツノオトシゴを見つけたこともある。

ヴェネツィアはとても繊細な都市で、外海と内海とで常に海水が出入りするラグーナというエコロジカルな装置により支えられている。生物多様性が失われ、湿地が死んでしまうと、ヴェネツィアも終わりだ。

モーゼがヴェネツィアの町と住民の暮らしを守ってくれるのはありがたい。でも、どうかラグーナの生態系が壊されませんように。人類の宝である、あの、ゆりかごのような小宇宙が、健やかなまま保たれますように……。

元ラグーナの住人として、切に願わずにいられない。

今日もオンブラ、明日もオンブラ

仕事帰りに一杯飲みたい、だれかとおしゃべりしたいと思っても、どこに行っていいかわからない。カフェテラスでちょっとひと息、それで十分なのだが、日本は雨が多いからか、テラスというのがあまりない。

そして東京は広い。知り合いと偶然に出会って、じゃあ一杯、なんて自然ななりゆきにはならない。人も店も忙しいから事前の約束、予約が必要で、その日の気分でふらっと、は、ゆるされない。

こんなとき、ヴェネツィアとオンブラが恋しくなる。

オンブラはヴェネツィアの食前酒の習慣だ。イタリア語で「日陰」を意味するオンブラは、ヴェネツィアではちょっと一杯といった意味で使われる。夕方に町で知り合いに会えば、「アンディアーモ・ア・オンブレ」（オンブラしよう）となるのである。

オンブラのいいのは気軽なところ。行き当たりばったりなところ。何週間も前から約束したり、予約したりしなくても、その日の気分となりゆきでちょっと一杯を楽しめるのが魅力だ。

それを可能にしているのが、まずは町がほどよく小さいこと。人が歩いてまわれるほどの、「misura d'uomo、人間サイズ」で、広場やカフェテラスが多いから、外に出ればだれかしら知り合いに会う。

また、カーニバルやレガッタをはじめお祭りが多い町なので、常になんとなく祝祭的な気分がただよっている。華やかな歴史と独特の魅力が外国からも多くの学生、趣味人やアーティストを引き寄せ、コスモポリタンな活気にも満ちている。

さらに、仕事の時間とリズムが日本に比べてゆったりしている（高層ビルで深夜まで残業していれば、カフェでアペリティフなんてものではすまない。バーでウィスキーでもあおりたくなる）。

そして、なんといっても車がない。運転しないから飲んで帰っても大丈夫だ。

そんなわけで、ヴェネツィア人たちは日々、オンブラを楽しんでいる。その舞台となるのがバールと呼ばれるカフェやカフェテラス、そしてバッカリと呼ばれるヴェネツィア風居酒屋だ。

バールは基本はカフェだがお酒も出す。喫茶店と飲み屋がいっしょになっているので、だれでも入りやすい。バッカリと呼ばれるヴェネツィア風居酒屋は、もう少し飲み屋の色が強くなるが、それでもコーヒーだけでかまわない。だから、お酒を飲まない人も出入りするし、子連れのおかあさんなんかもうしろめたさなく利用できる。オンブラはみんなに開かれた社交場なのだ。

飲むのはたいていスプリッツ。ヴェネツィアのスプリッツは白ワインを炭酸水で割って、アペロルという甘口のリキュールを加えたものが定番だ。ほかには白ワインや、プロセッコというこの地方の辛口のスパークリングワインなんかが多い。

大抵はカウンターで立ち飲みしながら、軽く世間話などをかわす。夕方時分にはこのオンブラをする地元の人たちで、町が一瞬、華やかにさんざめく。

お腹がすいていれば、カウンターに所狭しと並んだ「チケッティ」を立ったまま つまむ。「チケッティ」とは、ひとくちサイズの肉団子やいわしの南蛮風、ゆで卵とアンチョビ、酢漬けの小玉葱などのおつまみ類。いかにも食欲をそそる見た目なのでいっぱい食べたくなるが、地元の人は晩ごはんを家で食べるので、たいていは無料のポテトチップスをつまむぐらい。

長居はしない。ひと息ついたら各自の生活へと帰っていくのだが、一日の終わりにとにもかくにもオンブラがある喜び！　仕事で厄介が生じても、介護や子育てで疲れても、とりあえず広場に行けばオンブラができる。となり合わせた人と冗談を交わして、一日に区切りをつけられるのだ。

そんな場所を東京にもほしくて、仕事帰りに物色しているのだが、なかなかむずかしい。町の雰囲気を感じられるオープンな場所で、それこそ広場みたいな場所で軽く飲みたいのだが、なかなかない。たまに見つけても、若い人ばかり、外国人ばかりという店だとちょっと入りづらい。客層がバラバラなところに、ちょこっとまぎれこみたいのだから……。

それが、最近、ちょっと気になる店を見つけた。近所の神社の境内にワイン屋台が出てたのだ。小さな屋台の前には老若男女が何人かグラスを持って談笑している。ビジネスマンみたいな人もいれば、奥さまふうの人も、若者もいる。屋外だから気軽に立ち寄り、立ち去れそうだ。

近々、行ってみよう！

マリア地蔵とマンモーネ

「地蔵さんみたいやなあ」

ヴェネツィアの町のあちこちで見かける、聖母マリアをまつった小さな祠。それらをこう評したのは日本から遊びに来ていた父だった。

壁に埋め込まれていたり、塀の上にちょこんと乗っていたり。通りすがりに拝んでいく人も多く、花や小銭などの供え物がしてある。そのさり気ない存在感と身近さが日本の地蔵にそっくりなのだ。

ヴェネツィアにはティツィアーノやベッリーニなどルネサンスの巨匠の手によるマリア像の傑作がごろごろしているが、街角にひっそりとたたずむ、名もないこれらの「マリア地蔵」も味わい深いものがある。

それにしても、イタリアの街角で見かけるのはマリアさまばっかりだ。なぜ救世主イエス・

キリストその人ではなく、母のマリアをここまで崇めたてるのだろう？　不思議に思ってまわりの人たちに聞いてみると、神に選ばれ、神の子を宿したということ自体が、すでに神聖な存在なのだと教えてくれた。

さらに調べてみると、これはイエスの母マリアに仲介者として神への取り成しを願う、「マリア崇敬」という宗教概念なのだそうだ。マリア崇敬は主にカトリックや東方正教会に見られる。一方、聖書のみに基づき、教義の拡大解釈をしないプロテスタントでは、マリアはひとりの人間で、特別な崇敬の対象ではないそうだ。

イタリアではおかあさんがとても尊敬され、イタリアの男にはマンモーネ（おかあさんっ子）が多いが、それはこのマリア崇敬から来ているのかな、と思った。

マンモーネの意味はマザコンに近いが、イタリアではそんなに否定的な言葉でもない。「ぼくはマンモーネでね、マンマに背中を掻いてもらうときがいちばんリラックスできるんだ」と、悪びれもせずにいう中年の息子もいれば、息子の恋人に向かって「あなたは幸運ね、こんなにハンサムですてきなうちの息子の恋人になれて」とまじめ顔でいう母親もいる。

マンモーネを恥じているふしはない。むしろ、「母親の愛情を素直に受けとってどこが悪い。ぼくが甘えるとマンマもうれしいんだから親孝行だ」と胸を張る。それを聞いてマンマもうれしそうだ。

一般的に、プロテスタントの国では、男も女も早く親元を離れて自立することが求められる。一方、イタリアでは母の翼のなかにいることにコンプレックスをもたないから、あまりあせらない。母親のほうも、なになにさんところの息子さんはもう大学を卒業されたわよ、あんたもがんばりなさい、みたいなことをあまりいわない。

そもそも個人主義で他人を気にしない。たとえば大学を卒業するのだって、各自が卒業資格を得た日に卒業というシステムだから、みんなバラバラだ。日本の受験とか、就活とか、いっせいに競いあうという事態がほとんどない社会だから、落ちこぼれてもそこまで悲愴感がない。

もしマリアさまではなくイエスを崇拝していたら、こうはならなかったのではないかと思うのだ。イエスを崇拝するということは、その個人の功績を称えることだ。そういう精神性の文化だと、なにかをなさねば一人前の男と認めてもらえない、そういう社会になるのではないか。

実際、同じキリスト教でもカトリックではない国、アメリカ、イギリス、ドイツなどではそういう精神的傾向が強いように思う。日本もそうだ。精神的拠所が存在そのものにではなく、肩書きにあるから、自分の資質以上に無理して、がんばってしまうことが多い。というか、そういうがんばりを強いる社会である。

それに比べてイタリアは、神の手となってなにかをなしたキリストよりも、神に選ばれて神の子を宿した聖母に、より神の愛の神秘を感じとる感性のお国柄だ。だから国民が一丸となって競い合うことはないし、全員がそこそこ優秀というふうにはならない。

だけど、雑草は雑草なりに元気だ。マンマの「アモーレ（愛）」として、「テゾーロ（宝）」として育ってきているから、自分がバラの花でなくても胸を張れるのだ。

イタリアは国としてはともかく、個人が自分らしく生きられるという点ではいい線行っている。たとえほかで見くだされたり、うとんじられたとしても、マンマに愛され、常に聖母さまに見守られている——その自信に、自分らしくあることを支えられている彼らが、ちょっぴりうらやましい。

カーニバルの魔法とブコウスキー

ヴェネツィアといえば、カーニバル。毎年だいたい一月末から三月初旬にかけての約二週間がカーニバルの時期で、サンマルコ広場は仮装した人々であふれ、コリアンドリと呼ばれる色とりどりの紙吹雪が空を舞う。町は百花繚乱の衣装と音楽にいろどられ、しばらく熱に浮かされる。

冗談みたいだけど、夫、ジュゼッペとわたしはカーニバルで出会った。フィレンツェに遊学中、女友だちと、ヴェネツィアのカーニバルを観に行こうと出かけたときのことだった。浮かれはしゃぐ人の群れに押されながら、迷宮のような町を練り歩く。ひと休みしようと小さなワインバーに入ったら、前に来たときに顔見知りになった人と偶然、また会った。そのうしろに彼がいたのである。

紹介されて立ち話をするうち、夜はディナーに行こうとなり、友人もいっしょに四人でレストランに行った。会ったばかりでたいした話はしなかったと思うが、ひとつだけ鮮明におぼえている。彼はチャールズ・ブコウスキーの「町でいちばんの美女」が好きだといったのだ。ブコウスキー。そんな毀誉褒貶の激しい、カルト作家の本が好きだというのか。この短編が好きだったわたしはおどろいた。日本でもブコウスキーを読んでいる人などまわりにいなかったから、ヴェネツィアで初対面の人が、そんな書名を口にしたことが信じられなかった。向こうはなんでわたしを誘ったんだろう。その日、わたしと友だちは、広場の絵師に顔の半分を仮面のように描いてもらっていた。だからどんな顔かも、よくわからなかったはずなのに――。

なんとなく盛り上がって、その晩はフィレンツェには帰らなかった。駅まで女友だちを見送ると、朝まで彼と歩きまわった。

闇に白く浮かぶ総督宮殿、黄金に輝くサンマルコ寺院、きらきらと光る大運河――ヴェネツィアの夜はうつくしかった。真夜中を過ぎても町は人でいっぱいで、お祭りの熱に包まれている。

「きらびやかだね、すごい」とわたしが感嘆すると、彼はちょっと皮肉な顔で異を唱えた。

「むかしはこんな商業的じゃなかった。ヴェネツィアっ子が主役の、地元の祭りだったんだ。衣装なんか、お古を切ったり貼ったりの手作りさ」

「！　そうだったんだ……」

「仲間連中とふざけた仮装でサンマルコ広場に集まった。で、その場のノリで歌ったり、踊ったり。盛り上がるうち、広場が巨大なディスコになった」

「自然発生的なものだったんだね」

「旅行会社や観光局が金のためにやる、お仕着せの、お膳立てされたものじゃあなかった」

「……」

観光客のわたしが感動して見ているこの光景は、ヴェネツィアっ子からしてみれば片腹痛い、そんな光景なのであるらしかった。


夜も明けるころになって、朝イチの電車で帰ろうとすると、彼が自分のうちに泊まっていけという。それは無理、と断ったら、実家に住んでいるから心配しないで。ひと眠りしたら親と妹といっしょにご飯を食べようという。

ふーむ、ほんとうかな? 楽しかったけど、そんなこと真に受けてよいものか。悪いやつだったらどうしよう……。

いろいろ頭をよぎったが、ひと晩歩きまわったあとでもうクタクタ、頭がもうろうとしている。疲れと眠さに引きずられ、強く勧められるまま、わたしは彼の家に行ったのである。

泥のように眠った。で、翌朝。

彼に案内されるまま、ダイニングルームらしき部屋についていくと、彼の両親、妹のキアラ、そのボーイフレンドが、いっせいに目をまるくした。

「あ、その、すみません、突然おじゃまして――」

気まずいのとはずかしいのとで、もう、しどろもどろ。穴があったら入りたい。

そんなわたしにおかまいなしに、彼はうれしそうにわたしを家族に紹介した。みんな、まだ目をまるくしたままだが、それでも行儀よく、「チャオ、よろしく」、「チャオ、いらっしゃい」とあいさつをしてくれる。「はじめまして」と、わたしもなんとか声をしぼり出したが、決まりが悪くて目もあげられない。

アイスブレーキングしてくれたのは、彼のおかあさんだった。

「朝起きたらテーブルのうえに、『女友だちが泊まる』って息子のメモが置いてあってびっくり。そんなこと初めてだから……」

つづいておとうさんが、

「しかし、まさか、日本のひととは……」

苦笑するしかないわたし。

「まあ、すわって。ごはんを食べて」

彼のとなりにすわらせてもらい、食卓に加わった。

なにを食べたかはまったく記憶にないが、陽当たりのいい、暖かいダイニングルームに、いい匂いがただよっていたのはよくおぼえている。くつろいだ雰囲気のなか、わたしの緊張も徐々にとけ、なごやかな会話になった。

仕事で日本に行ったことがある、というおとうさんは、「新幹線はほんとうに速かった」とか、「日本では握手じゃなくてお辞儀をするんだね」など、話のきっかけを作ってくれた。

おかあさんは、これも食べなさい、あれもどうぞ、と、料理をすすめてくれる。

妹とボーイフレンドもフレンドリーで、みんなで東洋からの闖入者をあたたかく迎えてくれた。肝心の彼はあまり話さず、そんな様子をニコニコと見守っている。

あとで、彼の部屋の本棚に、ブコウスキーの「町でいちばんの美女」が置いてあるのを見た。うそじゃなかったんだ……。本好きのわたしは安心した。それが、彼とつきあうきっかけになった。

しかし、結婚後、彼はぜんぜん読書家などではないことがわかった。読むのはDylan Dogなど、マンガぐらい。そんな彼が、なぜブコウスキーの本なんか持っていたのか、ブコウスキーが好きだなんて、初対面のわたしに言ったのか。いまだに謎だ。ブコウスキーのあの作品がわたしの好きな本のひとつであることなど、彼には知る由もなかったのに。

のちになって、その話をヴェネツィアっ子の友人にしたら、

「Venezia è magica, specialmente alla sera di Carnevale. ヴェネツィアには魔法のような魅力があるからね。特にカーニバルの夜には」と笑った。

そうなのかもしれない。わたしはきっと魔法にかけられたんだろう。ヴェネツィアに。カーニバルの夜に。そしてブコウスキーにだまされた。

まあ、いいか。そんな悪い魔法でもなかった。思いもよらない、かけがえのない出会いと日々をくれた。

今年のカーニバルでも、いくつもの出会いが生まれるのだろう。魔法にかかるひとも出てくるだろう。ヴェネツィアに魅入られたら、運命にしたがうしかない。

そしたら、Buona fortuna。幸運を祈る。

セレニッシマの末裔

お世話になったのに、長年、不義理をしていた。その人が数年前に亡くなっていたことを、ふとしたことから先日知った。

ヴェネツィア貴族の、ジローラモ・マルチェッロ伯爵。地元の名士で、たくさんの人に慕われていた。詳細を知りたいとネットで過去の新聞記事を探すと、「ヴェネツィアは悼む」という記事が見つかった。ヴェネツィアの人たちに惜しまれつつ、八十五歳で旅立ったそうだ。

父より年上なのだから、いつそんなことがあってもおかしくない。わかっていたはずなのに、近年、きちんと連絡を入れなかった。悔いがこみ上げる。

ジローラモ。ヴェネツィアに暮らしていたとき、親切にしてくれた年上の友人——もう会うことがかなわない。

忘れていたわけではない。いつかきっとまた会いたい。今抱えているこの課題がかたづいたら、すべて落ち着いたら……。ずっとそう思っていた。

でも、すべて落ち着く日なんて、永遠に来ない。離婚後帰国した日本で、生活に急き立てられているあいだに、友人は逝ってしまった。

今日はジローラモをせめて偲びたい。彼がかいま見せてくれた、古き良きヴェネツィアの片鱗だけでも、お伝えできたらと思う。

ジローラモは、「セレニッシマ（このうえなく晴朗な）」の呼称を持つほど強固でおだやかな統治で知られたヴェネツィア共和国の、その総督を輩出した名門貴族の当主だった。

ふつうなら、自分はそんな人と縁がない。しかし、旅行記事やイタリアについてのエッセイなどを書いていたことがきっかけで、仕事仲間のカメラマンに紹介され、以来、ときどき夕食会に呼んでもらうようになった。

ジローラモには先祖代々の領地があり、ホテルやレストランなどの経営もしていた。そのかたわら、ヴェネツィアの維持保存・活性化のための委員会、セーブベニスやベニス国際基金といった非営利団体のメンバーも務めていた。

ヴェネツィア共和国の統治者だった家に生まれたジローラモが、ヴェネツィアのことをだれよりも気にかけるのは、ごく自然ななりゆきだったのだろう。前述の団体で中心的な役目を果たすだけでなく、ヴェネツィアに惹かれて移り住んだ外国人たちのことを、「ヴェネツィア的精神を忘れてしまったヴェネツィア人より、よほどヴェネツィアのことを理解しようとしてくれる」と、大事にしていた。研究者、芸術家、文筆家、そしてヴェネツィアの伝統的工芸や職業を継ごうとこころざし、弟子入りしている、といった人たちだ。

一例を挙げると、ゴンドリエーレになりたいと修行していたドイツ人女性の支援がある。ゴンドリエーレとは、ゴンドラ漕ぎのこと。それまで男ばかりの、ほぼ世襲制の仕事であったのが、ジローラモの後押しで、女性の、それも外国人のゴンドリエーレが誕生した。ヴェネツィアについてもっと深く知りたい、ヴェネツィアについて書きたいと思っていたわたしにも、こころよく時間を割いてくれた。陽気で、気さくで、親切。そして進取の精神に富んだ人だった。


初めてマルチェッロ邸をおとずれたときのことは、今も鮮明におぼえている。

まず、玄関が地味なのにちょっと面食らった。飾りのない堅牢な扉があるだけだ。しかし、ヴェネツィア暮らしが長くなるにつれ、それはよくあることだとわかった。ヴェネツィアでは表玄関は運河に面していることが多いので、立派な館でも陸側の入り口は目立たない。

しかし、一歩なかに入ると目を見張った。カナレットの絵などでしか見たことのない、フェルツェと呼ばれる覆い付きのゴンドラが置いてある。現在の観光客用のゴンドラにはない、めずらしいものだ。

自家用ゴンドラに感嘆しつつ、小さなエスカレーターでピアノ・ノービレ（主階。二階のこと）

に上がる。ドアが開くと、壁一面の絵が目を奪う。豪華な饗宴の様子を描いたその絵には、仮面越しに微笑みかける美女、オウム、フルートを奏でる小人などが描かれている。無骨な玄関からはとても想像できない、色と質感の絢爛だ。

出迎えてくれたジローラモ——マルチェッロ伯爵——は、当時、七十ぐらいか。中肉中背で、ギョロ目とヒゲがいかめしい印象だ。しかし、それは黙っているときだけ。ほほえむと、そのギョロ目はすぐにやさしい表情に変わった。知り合ってみるとほがらかで、気取ったところのまったくない、人なつっこい人だということがわかった。

館の主階は応接用。そこと、その上階のジローラモが使っているフロアに案内してもらったが、ワンフロアだけで迷子になりそうな広さである。そして、何階だったかもうおぼえていないが、古文書がぎっしりとつまった、すばらしい図書館があった。

この図書館についてジローラモが語ってくれたことは、ヴェネツィア共和国という国が、当時としては稀有な、宗教的支配から自由なプラグマティックな価値観を有していたことをよく示している。

「ヨーロッパの図書館はその時代、『Dio（神）』のDから本が並んでいるのが普通だったが、ヴェネツィア共和国のそれは、同じDでも『Diritto（法律）』のDから始まっていた。宗教より法治を尊重していたんだ」

ジローラモの三人の子どもたちは、みんな独立して、ヴェネツィアから遠く離れた国内外

で働いている。こんなすばらしいおうちがあるのに、だれも住まないなんてもったいないね、というと、

「ヴェネツィア人は昔から商売のために海外に出ていった。ここは商売を終えて、帰ってくる場所なのさ」。

ジローラモは料理好きで、友人たちを呼んではよく料理を作ってくれた。エンドウ豆のリゾット、あさりのスパゲティといったヴェネツィア料理を、キッチンで手際よく作ってくれる。そのとなりで来客たちは、ワインを飲みながら、ワイワイおしゃべり。できあがったら、キッチンのテーブルで食べる。

ダイニングルームはあるけど、フレンドリーじゃないから使わないと言っていた。たしかに、遠いし、給仕が必要になる。招かれた人たちも気が張るだろう。わたしたちはジローラモが自分の私室のようなキッチンに招いてくれる、その心遣いをうれしく受け止めていた。

夕食会はキッチンで終わることもあったが、食後、サロンに移動し、そこでコーヒーをいただくこともあった。サロンの壁は昔の饗宴を描いた絵に覆われていて、調度品も年代を感じさせるものばかり。まるでセレニッシマの時代にタイムスリップしたような気分になる。

そこでジローラモはときどき、先祖たちの話をしてくれた。わたしたちはまるでおとぎ話

に聞き入る子どものように、ジローラモの話に耳を傾けた。

「マルチェッロ家は七二五年にヴェネツィアの二代目提督、テガリアーノ・マルチェッロを輩出している。一族の黄金時代はヴェネツィアのそれと重なる、十四世紀から十五世紀だった。先祖にはいろんな人がいた。コロンブスがアメリカを発見する少し前に、ヴェネツィアで経済改革を行った提督、ニコロ・マルチェッロは、マルチェッリーニと呼ばれる銀貨を残した。ヤコポ・マルチェッロは提督になり、ガリポリの戦いで死んだが、マリピエロはその死体に杭を突き刺してまっすぐに立たせ、まるで総大将が生きているかのように見せて、凱旋行進した」

また、ジローラモは、ヴェネツィア貴族というのは、ヨーロッパの貴族とは概念がまるでちがうという。

「ヨーロッパの貴族は、騎士の末裔であり、商売をすることはできなかった。人民を守るかわりに土地の借用金を得、その収入で暮らしていた。ヴェネツィアの貴族というのは、まず商人であり、そして政治のプロでなければならなかった。

『まずヴェネツィア人、次にキリスト教徒』というくらい、ヴェネツィア共和国の法を守ることは絶対だった。マルチェッロ家のヤコポ・アントニオは優秀な指揮者で、ヴェローナ、ガルダ、ブレーシャ、ベルガモを征服するという、いわば国家の英雄だったのに、『アッダ川を通ってはいけない』という法を侵したかどで、イストリアに流刑にされてしまった。それぐらい、法治は徹底されていたんだ」

一七九七年、ヴェネツィア共和国は崩壊したが、その後もマルチェッロ家はヴェネツィアの振興に尽くした。

たとえば、ブラーノ島のレース編み。ヴェネツィアの観光ガイドに載るような、有名な伝統工芸だが、一時はすたれてしまっていた。それをジローラモのおばあさんのアドリアーナが、産業振興のため、十九世紀後半に再生させたのだという。

一族はこのように、七世紀から現代に至るまで、時代の変化に適応しながら、その時々の地元の人々の要請に答えようと努めてきた。それをジローラモが継いだ。

伯爵といっても、現代では一市民に過ぎない。もはや特権も義務もないのだが、これまでの長い慣習があるし、人々にも期待されるのであろう。ジローラモはヴェネツィアのために、なんのかんの尽くしていた。

ジローラモに、ヴェネツィア暮らしのなにがいちばん好き? と聞いてみたら、

「第一に、人間的な暮らし。第二に、その演劇性、かな」との答えが返ってきた。たとえば？と追及すると、次のようなエピソードを語ってくれた。

「なにかの会合から帰る途中だった。夜も更けてひとけのない狭い小路を歩いていると、『きさま、殺すぞ』、『てめえこそ、ぶっ殺してやる』。物騒な声が聞こえてくる。角を曲がると前方に、争っているふたりの男の姿が見えた。

厄介だなと思いつつ歩を進めると、小突き合いが始まった。それがエスカレートしてきて、ひとりが、『ああ、だれか止める奴はいないのか！おれはほんとうに、ほんとうにやっちまうぞ』と絶叫した。

しかたないから、仲裁に入ろうとしたんだよ。そしたらその時、頭上のほうから、『やっちまいな、だれも見てないよ』という声が。見上げると、ひとつ半開きになっている窓のすき間に婆さんがいた。窓からおもしろおかしく見物してたんだね。

このアンチ・クライマックスには脱力したね。けんかをしていた当人たちも興ざめたのか、血を見ることには至らなかった」

また、こんな逸話も――。

「ある夏の夜のこと。寝苦しくて窓をあけたまま寝ていると、外からうめき声が聞こえる。だれか具合でも悪いのかと外をのぞくと、声は運河の向こう側から聞こえてくる。闇のなか目をこらすと、向こう岸の館のテラスに揺れる人影が、それもふたり……。

なんということはない、苦しいんじゃなくて、気持ちよくて声が出ちゃったらしい。そういえば、向こう岸の館はホテル。泊り客のカップルが、ヴェネツィアのロマンチックな夜に刺激されたんだろう。まもなくクライマックスの声が、ひときわ高らかに響き渡った。そしたらその直後、闇に包まれていた近隣のあちこちから、なんと、無数の拍手が湧きあがったんだ（笑）。これが劇場でなくて、なんだろう？」

こんな、人と人の距離が近い、人間味のあるヴェネツィアを、ジローラモは愛していた。ヴェネツィア的精神を、ほかにはない独特な生活様式を未来に残したいと、積極的に活動していた。しかし、時代の流れはそんなことはおかまいなしに、ラグーナの生活を、そこで暮らす人々の意識を変えていく。

日本に帰国する少し前、ジローラモとお茶を飲んだことがあった。

雨の日で、帰り、ふたりして狭い小路を傘をすぼめて歩いていると、向こうから男が歩いてくる。男は傍若無人に傘を広げたまま通り過ぎようとしたので、ぶつかった。ジローラモは怒鳴った。

「おい！礼儀知らずが」

しかし男は振り返りもせず、行ってしまった。その憎々しい後ろ姿にわたしは悪態をつき、ジローラモも腹立たしそうにつぶやいた。

「傘のダンスも知らん連中がふえた」

「ん？　傘のダンスって？」

「ヴェネツィアは狭い小路ばかりだろう？　だから雨の日にすれちがうときは、おたがい傘を右に、左にずらして行き交う」

ああ、それは日本でもやる。それを傘のダンスなど、チャーミングな呼び方はしないけど。

「ああいう連中がふえて、ヴェネツィアも殺伐としてしまった」

「……」


日本に帰国してからも、雨の日には、よく、この「傘のダンス」を思い出した。東京でも相手のことなどおかまいなしで、傘を傾けもせずに突進してくる人がいる。そのたび、ジローラモのことを思い出した。

人々がおたがいに譲り合ったり、冗談を言い合ったりして共生できる世界。けんかしても気のきく仲裁者が身近にいて、すぐ仲直りできるような世界。そんな世界は、当時のヴェネツィアでも消滅しつつあった。しかし、ジローラモはあきらめきれなかったのか、無意識にか、古き良きヴェネツィアを自身が体現することで、ヴェネツィアの魅力を内外に伝道していた。

ヴェネツィアは沈む、といわれて久しい。にもかかわらず、ヴェネツィアは沈んでいない。高潮による冠水、オーバーツーリズム、住民の流出など、数多くの問題を抱えてはいるが、まだ沈まずに生きている。ヴェネツィアが誇る歌劇場、フェニーチェの、その名、「不死鳥」のように。

ジローラモは今もきっと、天から、ヴェネツィアを見守りつづけているだろう。総督宮殿のあたり、サンマルコ広場の上空から、あのギョロ目をやさしく光らせている気がする。

サルーテの日に思う　ペストとコロナ

毎年十一月二十一日、ヴェネツィアの大運河に橋がひとつ増える(注)。サンマルコ広場側と向こう岸のサンタマリア・デッラ・サルーテ教会を、船で作った仮設の橋がつなぐのだ。この日はヴェネツィアのサルーテのお祭り（Festa della Salute)」。船橋はお参りに行く人々の参道となる。

サンタマリア・デッラ・サルーテ教会（和名：救済の聖母マリア聖堂)、略してサルーテ教会は、十七世紀初頭に大流行したペストの終焉を聖母マリアに感謝するために建立された。ヴェネツィアの人々はむこう一年の無病息災を祈りに、この日、サルーテ参りに出かける。

わたしもヴェネツィアに住んでいたころは、毎年欠かさずお参りに行ったものだ。ほかの大勢の参詣客に押されながら船橋を渡り、教会のなかの聖母さまにろうそくを捧げる。いっしょに行った夫が、ペストは当時のヴェネツィアの人口を二年で三分の一にしてしまった、と教えてくれたが、なにぶん何百年も前の話だ。当時のわたしには遠い昔のこととしか感じられなかった。

それがこのたび、コロナでパンデミックというものを身をもって体験した。話に聞いていたペストのおそろしさを、ああ、こういうことだったのかと、ようやく肌で理解できた。特にイタリアは大勢の死者を出し、国難といっていいほどの打撃を受けたため、余計そう強く感じたのかもしれない。

イタリアは世界で最初に最も深刻なコロナ禍に見舞われた国だ。おびただしい数の犠牲者が出た。隔離が義務付けられ、だれもいなくなった町に救急車のサイレンが鳴り響く。医療は崩壊、死者を弔う鐘の音が立て続けに聞こえるような地域もあった。

日本にいるわたしのもとにイタリアの知り合いから次々と、日本のコロナの薬、アビガンへの問い合わせが入った。コロナにアビガンが効くという話をSNSで知ったのだという。彼らの声音は切迫していた。「その薬、なんとか手に入れられないのっ⁉」

ニュースは日毎に増え続ける感染者数と死者数を報じている。このままでは国がなくなってしまうのではないか。そんな不安さえ頭をよぎったあのころ、サルーテ教会へのお参りの記憶がよみがえった。

ヴェネツィアのペスト禍は百年も続いたそうだ。そんなにも長い年月、感染がおさまらないなんて、コロナ前には想像もつかなかった。衛生と医療の発達した時代・国に生まれたおかげで、感染病のおそろしさを知らずに生きて来られたからだ。

しかし、すぐに終わると思っていたコロナ感染が一年、二年と長引き、もう三年ほども続いているのを見て、ペストもそういうことだったのかと初めてわかった。人類の歴史とは感染病との闘いの歴史であったのだと、初めて実感した。

そして、コロナで手放せなくなったマスク。それまでだれも気に留めなかった小物が、突然、世界中でスポットライトを浴びるようになった。それで思い出したのが、ヴェネツィアのある仮面だ。

カーニバルで知られるヴェネツィアには町のあちこちに仮面屋さんがあり、パーティーや装飾用のデコラティブな仮面がショーウインドーを飾っている。

外出のたびに見かけていたこれらの仮面のなかに、ひとつ、気味悪い仮面があった。白い仮面に鳥のくちばしのような長い鉤鼻が垂れた「医者のマスク」と呼ばれる仮面である。

この仮面はペストが蔓延した十七世紀、医者や看護婦が感染予防としてつけていたものが由来だそうだ。当時は病原菌で汚染された空気をスパイスやハーブなどの匂いが消毒し、感染から身を守ると考えられていて、マスクの長い鼻の部分には何種類ものハーブのほか、お香、没薬、毒蛇の粉などが詰められていたとか。

また、当時のヴェネツィアのペスト対策は、現代のコロナ対策とかなり似たものであったらしい。自宅隔離、居酒屋や教会など公共の場所の閉鎖、海外渡航者の隔離など。規則は今よりはるかにきびしく、守らなかった場合は絞首刑もまぬかれなかったそうだ。

ペスト感染は現代のコロナ同様、何度か拡大の波をくりかえした後、ようやく終わった。コロナもまだ何度もぶり返すのかもしれないが、いずれはおさまってくれるのだろう。


さて、サルーテのお祭りの話に戻る。

サルーテ参りも日本の縁日と同じで、お参りの後はお楽しみが待っている。参道にならぶ露店で揚げ菓子や綿菓子を食べたり、子どもは風船やおもちゃなどを買ってもらったり。そんなのどかでにぎやかな地元のお祭りは、コロナ禍で制限されていた。それが今年は通年通り開催されるという。

ペスト禍から四百年たって、今度はコロナの終焉を祈る。サルーテ教会の聖母さまはこのたびもきっと、人々の願いを聞きとどけてくださるにちがいない。

（注）正確には、橋はサルーテの祭日の前後何日間か、行事などのためにかけられている。

マリアさんの毛皮

ヴェネツィアの冬といえば、毛皮のコートを着た、少し年配のご婦人方の姿を思い出す。街路で、広場で、たくさんの毛皮姿を見かけた。わたしがヴェネツィアに住み始めたのは一九九〇年代後半。東京ではあまり見ない光景だったし、当時でもエコファーの台頭とともに毛皮はすでに時代遅れな感じだったから、よけい印象深かったのかもしれない。

ヴェネツィアの冬は寒い。ふつうの町なら車で移動すれば寒空に身をさらさないですむが、移動手段が徒歩と船に限られるこの町では、海風が直接、身に当たる。また、霧の出るようなじめっと湿った寒さなので、寒さがよけい身にしみる。

毛皮はそんなきびしい寒さから身を守るのにぴったりの素材なのだということを、あとになって知った。わたしが寒い寒いとぼやいてばかりいるので、夫の母が「これを着なさい」と、自分の毛皮のコートを着せたのだ。

着てみたら、軽いのにすごくあたたかい。それに風も通さない。ヴェネツィアのような気候では、毛皮はファッションというより生活必需品なのだ、と、納得した。

それでも自分にはしっくりこなかったので結局義母に返したが、ヴェネツィアのご婦人方が毛皮を着ている姿を見るのは好きだった。毛皮の重厚さは、ビザンチン、バロック、ルネサンスと、それぞれに異なる様式の歴史的建築物が妍を競う石畳の町によくなじんでいた。


義父母の家の家政婦さん、マリアさんも、冬はいつも毛皮だった。

マリアさんは義母より少し年上の、ヴェネツィアの下町っ子。ジュデッカ島に住んでいて、工員をしていた夫とふたりの息子を育て上げた。夫が定年をむかえ、年金生活者となってからも、マリアさんは家計を助けるため、ずっと働きつづけている。

職場である義父母の家へ、マリアさんはジュデッカ島から船のバスに乗っていく。自宅を出て海に面した河岸を歩き、船着場で船を待つ。船内は冷暖房が入っているが、サンマルコで降りたらまた歩かなければならない。夏は日差しに、冬は海風にさらされるので、夏はアッパッパーのような風通しのいいワンピース、冬は黒の長い毛皮のコートが通勤着だった。

「マリアさん、元気?」と聞くと、

「どうにかこうにかやってますさぁ」

という答えがいつも返ってくる。マリアさんが話すのはヴェネツィア弁。ちょっと東北弁に似た、ユーモラスであたたかい響きの方言だ。

イタリア標準語でさえおぼつかないわたしと、ヴェネツィア弁しか話さないマリアさん。知り合ったころ、ふたりの会話が通じていたかどうかあやしいものだが、マリアさんが家族と話すとき、そこにはいつも笑い声があった。その明るい雰囲気はマリアさんがつくってくれているものであることは、なんとなくわたしにもわかった。

マリアさんはイマ風にいうと「天然」のボケキャラだった。ある日、両親の家の仕事を終えて帰り際に、

「シニョーラ、ちょっくら、オーストラリアまで行ってきます。三日で帰ってきますすべ」

「オーストラリア？三日で？」

義母とわたしはおどろき、顔を見合わせた。

「へえ、船で行ってきます」

「船で？オーストラリアまで？」

そこで義母はにやりと笑った。

「マリアさん、行くのはオーストラリアじゃなくて、クロアチアじゃないの？」

当時、ヴェネツィアからクロアチア行きのクルージングが流行っていたのだ。

「へ？クロアチア？そうかもしんねえ。ま、どっちもおんなずだべ」

まあ、そうなのだ。観光というよりは骨休めに行くマリアさんからしたら、オーストラリ

アだろうが、クロアチアだろうが、べつにちがいはないのだった。

また、カーニバル中のある日、マリアさんはまだ二歳ぐらいだったうちの子を散歩に連れていってくれた。通りすがりに一匹の犬がセーターを着ているのを見て、子どもが目ざとく、「あ！ワンワンもカーニバル！」と指さすと、マリアさんは調子をあわせて、

「んだ。ワンワンもおべべ着て出かけるだ。今夜は広場はおめかししたワンワンたちでいっぱいになるだよ」

といったので、子どもが夜、ワンワンたちのカーニバルを見に行くと言い張り、困ったことがあった。そんな、ノリのいい、茶目っ気のあるひとなのであった。

義母の心遣いで、マリアさんはよくうちにも手助けに来てくれた。これには助かった。結婚したとき、家をそのまま半分譲ってもらったのはいいが、家のつくりは昔のまま。調度品もアンティークばかりだったから、どうあつかっていいのか、わたしにも、家事などしたことがなかった夫にも、皆目検討もつかない。

マリアさんはやってくると、まず、スモックのような仕事着に着替える。そして、手慣れた様子で調度品のほこりを払っていく。

「ほこりっていうのはとんでもねえずら。とにかくこれを落とすのが肝心だっぺ」

マリアさんにそう言われ、それまでほこりなんてものに注意を払ったことはなかったのが、

以来、ほこりに目が行くようになった。たしかに、ほこりがかかっているのと、ないのとでは大違い。お義父さんたちの家はいつ行ってもぴかぴかの印象だが、あれはほこりがないからなんだ、と、おおいに納得した。

次に、ヴェネツィアン大理石と呼ばれる、小さな色石のモザイクでできた床。これはリフォームなどしていない、ヴェネツィアの古い家や教会などでよく見かけるタイプの床なのだが、マリアさんは掃除機をかけてから、水とアルコールをまぜた液で拭き掃除をしていた。月に一度ぐらいはさらにワックスをかけ、ポリッシャーという機械で磨く(べき、だそうだ。とてもやれない)。

銀製品は専用のクレンザーで洗い、磨く。ヴェネツィアングラスのシャンデリアは梯子をかけ、天井の近くまで登って、パーツをひとつひとつ分解。それらを洗剤につけて洗い、乾かしたらまた梯子を登り、パーツをひとつひとつ組み立てていく。木製の机や椅子、書棚には tarlo という木を食う虫がつくので、折々、この虫専用の殺虫剤を使って手入れしないといけない——。

初めて見聞きするこれらのことが新鮮で、わたしはマリアさんが来ると見習って手伝った。特に高所での作業になるシャンデリアのそうじはひとりではできないので、これは年に一度だが必ずいっしょにおこなった。はじめのころはマリアさんが梯子に登っていたが、そのうちわたしもやり方をおぼえ、役割交換となった。

そんなこんなで、新参者だったわたしも、いつのまにかマリアさんと長いつきあいになった。夫が子どものころから長い年月、通ってくれているうちに、家族の禍福も、争いも恥も、いやでもマリアさんの目に入ってしまっただろう。マリアさんがわたしたち家族のことに口をはさむことはなかったが、沈黙のなかにもきびしさ、寄り添う気もちがあるのが、時折、わたしにも伝わってきた。

そんなマリアさんが乳がんになった。

いつもわたしたちを笑わせてくれていたマリアさんの、軽くはない病名に、家族みんながしんとしてしまった。そんななか、マリアさんだけが、まるで病気がうそのようにいつもと変わらず明るかった。疲れない程度にだが、仕事もつづけてきてくれた。治療で髪が抜けてしまったときも、かつらでやってきて、

「セットする手間が省けてええですよ。奥さんもどうですか?」とおどけてみせ、義母を絶句させていた。

マリアさんの口癖は、「Si tira avanti. どうにかこうにかやってますさぁ」と「Passerà（大変なことも）そのうち終わりますさぁ」だった。

まだ若く、人生経験の乏しかった当時のわたしには、ずいぶん身もふたもない言い方に思えたが、年をとり、人並みの苦労も重ねた今ではしっくりくる。自分でもときどき口にして、

マリアさんに似てきたな、と苦笑している。

ひどい悲劇に見舞われなくても、いつの時代も庶民の暮らしは楽ではない。夫が失業したり、子どもの学費が工面できなかったり、ひとつ山を越えたと思ったら、すぐまた別の山が待っている。だれかになんとかしてもらえる身分なら泣けばいいが、だれにも頼れない場合は歯をくいしばり、やり過ごすしかない。

マリアさんもきっと、苦しみもいつかは過ぎ去って行く、どうにかこうにかやり過ごそうと、自分に言い聞かせてきたのではないか。マリアさんのひょうひょうとした明るさには、同量の悲しみが含まれていたように今では思う。

離婚して日本に帰る前、ジュデッカ島にマリアさんを見舞った。

島の裏側の集合住宅にある小さな家は、質素だがきれいに整えられており、居心地がよかった。猫の額ほどの庭があり、バラが一本、狂い咲きしている。マリアさんは少しやせたようだけど、いつものようにきれいに薄化粧をして、かつらが似合って若々しく、とてもガンを患っているようには見えなかった。

「絶対によくなってくださいね。そして日本に会いに来てね」

「ニホン～? それは船でいけるっぺ?」

「船ぇ？」

マリアさんのボケに、わたしも子どもも笑いこけた。子どもは去年、飛行機に乗ったことをおぼえていて、

「日本にはヒコーキで行くんだよ。あたし、行ったことあるから知ってるの」

と、おしゃまなことをいう。

「ヒコーキとやらも海の上を行くのかい？」

「ちがうよ、ヒコーキはお空を飛ぶんだよ」

「じゃあ落ちるからイヤだね」

「落ちないってば！」

マリアさんはムキになる子どもをからかって笑っている。


おいとまするとき、辞退するわたしをふりきり、寒いなか、船着場まで見送ってくれた。いつもの黒い毛皮のコートで、海風から身を守って。船に乗る前に、「おだいじに」と肩を抱くと、

「死んだらようやく楽になれるべ。どうってことたない」とおどけた顔をつくって笑った。それがマリアさんとの別れになった。

「働く女性」なんて言葉がまだないころから、家族をささえるため、あたりまえのように働きつづけてきたマリアさん。毛皮はその通勤着だった。あの年季の入ったコートはどうしただろう。マリアさんにはお嫁さんがいたが、わたしと同い年ぐらいと聞いているから、毛皮はやっぱり着ないだろう。

マリアさんの思い出と結びついて、毛皮は、わたしには、勤労の尊さを象徴するものとして記憶されている。

ボッコロの日とジョルジョーネ

探し物をしていたら昔の写真が出てきた。ヴェネツィアで暮らしていたころの、夫と娘の写真――。

まだ二歳ぐらいか。小さい娘の手をつなぎ、夫が運河沿いの、家の前の通りを歩いている。もう片方の手には、一輪の赤いバラのつぼみ。それを見て思い出した。あれはボッコロの日だったな、と。

ボッコロ（bocolo）とは、ヴェネツィア方言でバラのつぼみのこと。ヴェネツィアでは四月二十五日に、男性が妻や恋人にボッコロ――一輪の赤いバラのつぼみ――を贈る風習がある。毎年この日には町のあちこちの花屋で、バラを買い求める男たちの姿を見かけたものだ。

このならわしは遠い昔の伝説に由来する。

その昔、愛しあっていた若い恋人たちがいた。娘は総督令嬢、若者は平民。身分違いの恋は反対され、若者は相手にふさわしい地位を得ようと、戦争で手柄を立てるため出征する。しかし、敵の攻撃を受け、不運にも負傷。倒れた場所に咲いていた白いバラの花を、傷口から滴り落ちた血が赤く染めた。

若者は死に、その戦友から娘のもとに、愛の証である赤い血のついた白いバラが届けられた。最愛の人の死を知った娘は無言で部屋に閉じこもる。翌日、娘が部屋で死んでいるのが見つかった。娘の胸には、恋人の血で染まった白いバラが抱かれていた――。

そんな悲恋が由来となって、娘が死んだ日、ヴェネツィアの守護聖人であるサンマルコの祝日である四月二十五日が、ボッコロの日となった。ヴェネツィアではこの日、男という男は赤いバラのつぼみを抱え、愛する人のもとへと向かう。お義父さんも妻のために毎年、バラを買いに行っていた。夫もそうだった。

もう一度、手元の写真を見てみる。

連れ立って家の方に歩いてくる夫と娘は、楽しい内緒話でもしているかのような、はずんだ笑顔だ。バラの花をママにプレゼントして喜ばせよう。そんな話でもしていたのかもしれない。

彼らの帰りを家の前で待っていたわたしは、その様子をカメラに捉えた。すぐに娘がわたしに気づき、「ママー」と駆け寄ってくる。それを夫がうしろでほほえんで見ている。

絵に描いたようなしあわせな光景――。写真を見て、まるで別の人の人生を眺めているかのようなふしぎな感慨をもった。長い時間と距離を経たせいか、前世のことのように映る。ふと、わたしたちの結婚披露宴で友人のFさんがしてくれたスピーチを思い出した。Fさんは敬愛する年上の友人で、わたしが初めてイタリア旅行に行ったのは、彼女に誘われてのことだった。初めてヴェネツィアをおとずれたのもそのときだ。

Fさんは披露宴で次のような話をしてくれた。

「十六世紀、盛期ルネサンスにヴェネツィアで活躍した画家に、ジョルジョーネという人がいます。彼が描いた『テンペスタ（嵐）』という作品を、ヴェネツィアのアカデミア美術館で新婦といっしょに見ました」

「荒れた町と暗い森を背景に、左に騎士、右に赤ん坊を抱いた裸婦がおり、ふたりはそれぞれ別の方向を見ています。空は稲妻が光り、不穏な色をたたえ、今にも嵐がやって来そうです」

「この作品は専門家のあいだでも、謎に満ちた作品と言われています。新郎新婦のおふたりは、これから結婚という、愛の謎を解く旅に出られるわけですが、その旅が幸多きことをお祈りします」

どこをどう掘ればこんな深い話ができるのか、Fさんの話に会場はしーんとなった。自分も強く打たれたが、その意味は理解できていなかった。当時の自分は、結婚はゴールインで、そのしあわせがずっとつづくものと能天気に信じていたから。

しかし、結婚生活をつづけるなかで、Ｆさんの言葉がただの高踏的な比喩ではなかったのだと思い知る。結婚は愛の謎を解く旅だとＦさんは言ったが、たしかに、結婚も、愛も、わからないことだらけだ。

あたたかさ、おだやかさといった、かけがえのなくすばらしい時間をもらった一方、見解や価値観の相違に愕然とした。その溝をなんとか埋めようとするが、埋まらない。乗り越えることもできない。

なぜこのひとと結婚したのだろう。そんな今さらな疑問が頭に浮かぶが、わからない。彼も同じだったろう。自分が選んだことではあるが、なりゆきでもあった。旅路のなかでわたしたちはおたがいを見失い、道に迷った。

結局、この旅には終止符が打たれた。これからは別々の道を進もうということになった。が、夫婦は別れても、結婚から生まれた縁――子どもや、おたがいの両親や兄弟といった人たち――との関係は終わらない。というか、わたしの場合、終わらなかった。

夫の両親は離婚して日本に帰国してからも毎年のように会いに来てくれ、むしろ絆が深まった。義理の姉や妹とも定期的に連絡を取り合っている。結婚によって生まれた種々の縁が、離婚後もずっとつづいている。

夫は別れて何年かは音沙汰がなかったが、その後は電話がかかってくるようになった。今は時折、娘の近況を報じたり、おたがいの安否確認などしている。

ふしぎである。ふたりの愛の謎解きの旅はとっくの昔に終わったのに、エピローグはつづいているのである。

冒頭のボッコロの伝説では、娘は愛する人の死を知り、死んでしまう。耐え難い苦痛が彼女の命を奪ってしまう。若い彼女の一途な思い、純粋さが胸を打つ。

若いとき、人は愛のストーリーに完璧を求めがちだ。至福か、絶望か。完璧か、ゼロか。どちらかしか認めない。妥協のかたちを許さない。

しかし、世界はもっと複雑で豊穣だ。もし彼女が生きていたら、どうだっただろう。それはそれで、また新しい愛に出会っていたかもしれない。また、新たな愛の謎を解きに行ったかもしれない。これればかりは、生きてみないとわからない。

バラのつぼみは無垢でうつくしいが、萎れかけのバラだって捨てたものでもない……。

そんなふうに思える日が来るとは、若い日々には想像だにしなかった。愛のかたちはこうあってほしい、こんな幸福がほしいと願うのに、現実がそうならないことにあがき、苦しんだ。

でも、人生は生きてみるものだ。絵に描いたようなしあわせな光景でなくても、案外、そこそこ機嫌よくやれることがわかった。道も、風景も、いろいろある。

四月二十五日、ヴェネツィアにボッコロがあふれ、愛というふしぎな贈り物が交わされる。愛の謎解きの旅は行程を変え、連れを変えてもつづいていくもののようだ。生きている限りは——。

潟のラブストーリーズ

Le storie d'amore in laguna

リドの恋、キューバの海

もう長いこと海に潜っていない……。

「スキューバダイビング免許取得」と書かれた看板を町で見かけ、ふと思った。ヴェネツィアに住み始めたころはずいぶん、スキューバに熱中したものなのに。

せっかく海の近くに住んでいるのだからと、リド島にスキューバ教室を見つけ、熱心に通った。免許が取れたら仲間たちと、休日ごとに沖のダイビングスポットまでくり出した。

小型のオンボロ船で行くので、船酔いがひどい。梅干しをおへそに貼ると船酔いしないというのを思い出し、神頼みのような気持ちでそうした。Tシャツをめくって仲間に見せると、みんな目を見張り、大笑い。効果のほどはさだかではなかったが、イタリア人たちの手前、よく効いていると見栄を張った。

そのころ、スキューバ教室は仲間たちのたまり場だった。教室、といっても、全然それらしくない。リド島といえば、映画祭で有名なリゾート地。ビーチには瀟洒なホテルがずらりと並んでいるのだが、それらのすき間の一隅の、木々に囲まれた小さな洞穴のような小屋。それが教室なのだった。

　初めて小屋をたずねたとき、出迎えてくれたのは、なんと白いオウム。あっけにとられていると小柄な男が出てきて、オウムがぴょんと彼の肩に乗った。男は人なつっこい笑顔で、「俺はミケーレ、こいつはマリオ」と、自分とオウムを順番に指さした。それがスキューバ教室のインストラクター、ミケーレとの出会いだった。


　ミケーレはみんなの人気者だった。年は三十半ばといったところか。子どもがそのままおとなになったような自然児で、明るく、いつも冗談を言ってまわりを笑わせている。同時に、地元の海を知り尽くす熟練ダイバーでもあったから、彼を慕う生徒は多かった。ただ、教え方が直感的で、ちょっと面食らうというか、わかりづらいところがあった。そこは天の采配で、ミケーレには彼にピッタリの相棒がいた。パオロである。

　パオロは女房役として、ミケーレを支えていた。パオロが理論的な講義、面倒な事務作業を受け持っているおかげで、教室が機能していたといってもいい。実戦で体得させるミケーレと、理論を上手に説明するパオロ。ふたりのコンビは好評で、教室は盛況だった。

　練習が終わると小屋でパスタを茹で、トマトソースをぶっかけ、みんなでワイワイ食べる。水着や、腰にタオルを巻いたままの格好で、浮き輪や、その辺に置いてある台など、適当なところにすわって。

ミケーレはまじめなパオロをからからのが好きだった。パオロはパオロで、そんなミケーレに痛烈な皮肉で応酬する。ミケーレがふざけてパオロのことを「パオロンチョ〜」と呼ぶと、オウムが真似して「パオロンチョ〜」と叫ぶ。パオロは怒って「焼き鳥にしてやる」と、オウムを追い払う。このドタバタに、みんな腹を抱えて笑った。今思い返すと、なにがそんなにおもしろかったんだろう？　という感じだが、定番の掛け合いは松竹新喜劇のようで安心して笑えた。海から上がってきてこれを聞くと、なんかホッとするのであった。


そんなミケーレに恋人ができた。ひとまわり以上年下の、キューバ人のリタ。切れ長の、黒曜石のような瞳。ふっくらとした唇。黒い肌に、バンビの肢体。

リタが小屋をおとずれると、教室の男たちがいっせいに色めいた。リタは物怖じしない、天真爛漫な子で、小屋の仲間たちともすぐうちとけた。ミケーレがリタの耳元になにかささやくと、なにがおかしいのか、いつも笑いころげている。

ミケーレとリタの仲が深まると、相棒のパオロの足が小屋から遠のいた。リタがいつも小屋にいるようになり、パオロは居づらくなったようだ。本業のホテル経営のほうに精を出し、小屋にはあまり来なくなった。ミケーレとパオロの掛け合い漫才が聞けなくなったのはさびしかったが、ミケーレがしあわせならと、仲間たちはがまんした。

　そのうち秋になり、海のシーズンは終わった。リド島はリゾート地だから、十月末にはホテルもいっせいに閉めてしまう。ミケーレも小屋を閉めた。海のシーズンは終わったのだ。

　秋が過ぎ、冬が過ぎ、春が過ぎて、待ちに待った夏がやってきた。仲間数人と小屋に向かうと、赤ん坊の泣き声が聞こえてくる。うわさに聞いていた、ミケーレとリタの赤ん坊だろうか？　なかに入ると、ふたりが赤ん坊のおしめを替えている。

「わあ、いつのまに？」

「おめでとう！」

「かわいいね、男の子？」

「名前は？」

　みんなの矢継ぎ早な質問に、ミケーレとリタは「ミゲル」と答え、しあわせそうにほほえんだ。同時に、赤ん坊がいきおいよく、天井におしっこを飛ばした。まるで、俺がそのミゲルだ、と宣言するかのように。みんなびっくりして思わず顔を見合わせ、いっせいに噴き出した。

　赤ん坊はすくすく育った。小屋をおとずれる仲間たちに「ミゲル、ミゲル」とかわいがられ、みんなのアイドルだった。ミケーレとリタはそんな様子をうれしそうに、誇らしそうに眺めていた。仲間がオムツ替えなど手伝うと、その隙にふたりだけの世界に入り、情熱的にキスしだしたりする。目のやり場に困ったが、ふたりのしあわせはまわりにも伝染し、そのシーズン、小屋はしあわせムードに満ちていた。

翌年、また海のシーズンがやってきた。灰色の、暗くて長い冬が終わり、また船でくりだせる。海に潜れる！

ウキウキしながら小屋に向こうと、なかから言い争う声がする。

「こんなの海じゃない。こんなの海といえない！」

リタだ。リタが叫んでいる。

「ほんとうの海はね、もっと青いの。太陽がきらきらして、波が白く光るのよ――」

リタの声の向こうに、よく聞き取れないが、ミケーレの低い怒声も聞こえる。取り込み中のようだったので、引き返した。

こんなの海じゃないって、リドのことか。ほんとうの海って、故郷のキューバの海のことだろうか。一瞬、リタはホームシックなのかな？　と思ったが、そんなことはよくあること。すぐに忘れて、その日はビーチで泳ぐだけ泳いで帰った。

しかし、それはくりかえされた。小屋をおとずれるたび、ふたりの雲行きがあやしくなってきているのがわかる。不穏な空気に、みんな、居心地の悪さを感じ始めた。

そんなある日、仲間のマルコと小屋に向かうと、近くから大音量の音楽が聞こえてきた。近づくと、リタが狂ったようにひとりで踊っている。

ミゲルを抱いたミケーレが出てきて、音楽を止めろと叫んだが、リタは聞かない。怒ったミケーレがCDプレイヤーの電源を引っこ抜くと、リタは怒りに燃えるまなざしで、「あんたたちイタリア人は楽しむことを知らない」と言い放った。軽蔑した口調で、「ここの生活には、音楽も、踊りもない」と。

「大丈夫かな」と、わたし。「心配だね」と、マルコ。顔を見合わせたが、わたしたちが首をつっこむことでもない。

「でも、イタリア人は楽しむことを知らないって、どういうことかな？ 音楽や踊りがないって」

ふしぎに思って、マルコに聞いた。日本人のわたしからしたら、イタリア人は十分、楽しむことを知っているように見えるのに。

マルコはちょっと困った顔をして、「リタがそうだというんじゃないけど……」と前置きをして、次のように説明してくれた。

「聞いたことない？ これ、わりとあることなんだ。イタリア人と結婚してキューバからイタリアに来た女性が、現実に幻滅して別れてしまうのは」

「そうなの？」

わたしが知り合ったキューバ人はリタひとりで、そんな話は初耳だった。

「イタリア人は太陽があって、きれいなビーチがあるところが好きだろ？　だからバカンス先として、キューバは人気なんだよね。同じラテン気質ってこともあるし、イタリア男がキューバの女性といい仲になることは多いんだ。それで、彼女をイタリアに呼び寄せる。でも、バカンス先では気前よくふるまい、たのもしく見えた男が、イタリアに戻ると働かなきゃ食えないふつうの庶民だってことが、日に日に見えてくる。特にヴェネツィアなんかは、冬は寒いし、じめじめして暗いだろ？　陰鬱な気候に滅入って、帰っちゃったり、ほかに行っちゃったりするキューバ人は多いんだよ」

「そうなんだ……。でも、キューバじゃそんな、歌ったり、踊ったりして過ごせるの？　イタリアより余裕がある国なの？」

「いや、共産主義の国だろ？　所得はイタリアに比べて断然低いよ。豊かな暮らしを求めて、外国に移住したがるキューバ人も多い。でも、資本主義のせかせかした社会とちがって、独特の、ゆったりしたリズムがあるんだって。キャッシュはなくても、きれいな海と青い空があって、音楽や踊りが生活のなかに息づいている。そう、聞いてる」

「……。いいとこのようね」

「……。そうだね。お金はなくても、あくせくしないで、歌ったり踊ったりして過ごせるのかもしれないね」

その後、リタの姿を見かけないなと思っていたら、パオロが顔を出すようになった。リタがいるあいだ、影が薄かったのが、前のように現れるようになった。気がつくと、またいつのまにか、小屋の前の木陰で理論の講座をやり、帳簿をつけたりしている。

そうしてまじめに働いているパオロを、また、ミケーレがからかう。

「あ~あ、頼んでねえのに来やがる。ほかに行くとこないのかよ」

「あいかわらず可愛げのねえ野郎だな。困ってんだろ」

「あ~あ、またおめえといっしょかよ」

「しょうがねえだろ。あきらめな」

小屋に、ふたりの掛け合い漫才が戻ってきた。

結局、その夏が、わたしが熱心にリド島に通った最後のシーズンになった。しばらくして、仕事が忙しくなったり、子どもが生まれたりで、スキューバから遠ざかってしまったのだ。

何年か経ってから、風のうわさで、ミケーレとリタが別れたと聞いた。彼らの幸福の絶頂期を見てきただけに、残念だな、と思ったが、すでにその予兆はあった。やはりそういうことになったか、という感じで、もはやおどろきはしなかった。

子ども歩けるようになり、いいシッターさんも見つかり、ちょっと落ち着いたその年、久しぶりに、スキューバ教室に足を運んだ。

ミケーレは大歓迎してくれ、週末は潜りに行こう。またあのオンボロ船で行くから、ヘソに梅干しを貼っておけよ、と笑った。あはは、わかった。ミケーレの分も持っていってあげるね。わたしたちは軽口をたたいて、再会を喜び合った。

ちょっと間をおいて、「リタは元気？ ミゲルは大きくなったでしょうね？」と聞くと、ミケーレはちょっと口をつぐみ、「聞いてるだろ？ リタとは別れた」とつぶやいた。

「……。うわさはほんとうだったんだね。ミゲルは？」

「交代で面倒を見てる。どちらかというと俺のほうが多いけど」

「そう。リタは？ 元気なの？」

「うん、まあ。キューバ人の女友だちといっしょに住んでるから、安心だ」

「あなたは？」

そう聞くと、ミケーレは肩をすくめた。

「いがみあうよりは、別れるほうがましさね」

本音なのか、強がりなのか、わからなかった。

帰り道、あの夏の終わりに漏れ聞いたリタの叫び声を、ふと思い出した。

「こんなの海じゃない。ほんとうの海はね、もっと青いの。太陽がきらきらして、波が白く光るのよ」


恋人同士になって、心もからだもひとつになって、同じ風景を見ていると思う。でも、ほんとうにそうかはわからない。同じリドの海を前にしても、リタの目は、キューバの海を見ていたかもしれない。人と人とは、かくも近く、かくも遠い存在なのだ。同郷人同士だって、例外ではない。


風の便りでは、ミケーレも、パオロも、元気にやっているらしい。ミゲルもハンサムな青年に育ったと聞いた。

リタのうわさは入ってこない。でも、別に悪い話も聞かないから、元気にしているのだと思う。まだヴェネツィアにいるのだろうか。

そういえば、あの白いオウムはどうしただろう。

オウムを肩に乗せたミケーレが、ビーチを行く。オウムが「パオロンチョー」と鳴き、パオロが怒る。昔、くりかえし目にした光景を、久々に思い出した。そしたら昔みたいに、たいしておかしくもないのに、やっぱりまた笑ってしまった。

モニカの真珠

あ――。うちを出たとたん、陽の光に目がくらんだ。ヴェネツィアの夏の日差しは強い。立ち止まり、光の残像が目から消えるのを待ってから、歩き出す。

ヴェネツィアの道はよく言われるように、迷路のようで、よくだまされる。路地の先が行き止まりになっていたり、かと思うと、人ひとりが通れるほどのトンネルになっていたり。それでも、住み始めて一年ちょっともたつと、自分の生活圏内は、ほぼ、迷うことなく行けるようになった。

今日も目的地をめざし、地元の人のように足早に歩く。広場に出て、カフェテラスのそばを通り過ぎようとしたら、チャーオ！と聞きおぼえのある声がして、ふりかえった。

最初に目に入ったのは、かたちのいいおへそにのぞく、真珠のピアスだ。金の曲線にささえられた真珠が、まるでそこに自然に咲いたかのように、きよらかな光を放っている。

目を上げると、モニカだった。天使みたいな、くるっくるの金髪の巻き毛。すっぴんの顔に、いたずらっぽいまなざし。ちょっと皮肉な感じのする、片頬だけのほほえみ。作業着の白いつなぎを着ているが、もろ肌脱ぎで、上はタンクトップ。下は、塗料でところどころ汚れたつなぎのズボン。長い脚を右に左に投げ出し、カフェテラスの椅子に深くもたれ、うまそうにタバコを吸っている。

「モニカ！　元気？　この近くで仕事？」

モニカは塗装職人だ。家の内壁を塗ったり、修復したり、天井の漆喰に装飾を施すといった仕事をしている。

「うん。暑いから疲れる」

だるそうにタバコの煙を吐き出すと、「今度、海に行こうよ。自転車で、灯台のほうまで行かない？」と誘った。「いいよ、電話して」と答え、すぐ別れたが、おへその真珠のうつくしい残照は、しばらく目の奥から消えなかった。

モニカと知り合ったのは、ヴェネツィア郊外の、スカイダイビングのお試し体験の場だ。結婚してヴェネツィアに住み始めたものの、そのころはまだ仕事もなく、ひまだった。で、スキューバダイビングやら、サルサやら、気の向くままにいろいろ手を出していた。今思えば、あれが人生でもっともお気楽でいられた時期だったかもしれない。長くはつづかなかったけれど。

スカイダイビングの体験の日は快晴だった。が、格納庫の片隅でブリーフィングを受けるわたしの心は、だんだん曇っていった。

もしパラシュートが開かなかったら、どうしよう？　インストラクターとタンデムとはいえ、空から飛び降りるわけだから、想定外の事故だってありうる。

不安を払拭できないまま、専用のハーネスを装着してもらっていると、スカイダイビングスーツ姿の女がひとり、フィールドから帰ってきた。その腰にまとわりつくようにして、十歳くらいの女の子が話しかけている。

「ママが落ちてきたの、あたし見てたよ。ママだって、遠くからでもわかったよ」

女はにっこりとほほえむと、近くのソファに腰をおろした。そして、となりに女の子をすわらせると、まじめな顔になって、

「いい？　ママは飛んだの。落ちたんじゃないの。飛んだんだからね」

子ども相手に、どうでもいいことを真剣に訂正している。いや、むしろ、意味的には子どものほうが正しいのに、自分は飛んだのだと言い張っている。変な女……。それにしても、空を飛んだ、と言い切る自信がうらやましい。

そんなことを思っているうちに、装着は終わった。いざ出陣。どうか無事に着陸できますように――。落ち着くため、深呼吸をひとつした、その背中に女の声が飛んできた。

「あなた、日本人？　カミカゼはダメよ」
おどろいてふりむくと、きれいに澄んだ空色の瞳が笑っていた。
「空を飛ぶって、最高のエクスタシー。こわがらないで、楽しんできて。」

それ以来、ときどきモニカと会う。家がたまたま、わりと近いこともあって、夕方など「今、ひま？」と電話をかけたり、かかってきたり。たいていは広場のカフェで待ち合わせ、たあいもないおしゃべりをして別れる。

モニカは、娘のフランチェスカとふたり、ヌオーヴェ河岸に近いアパートの、小さな屋根裏部屋に住んでいた。

初めてモニカのうちに遊びに行ったのは、日もずいぶん短くなり、秋も終わろうとするころだった。

アパートの建物の前に着くと、一階の玄関の扉が少しだけ開いている。モニカに、下の呼び鈴が壊れているから開けてある、入って、上まで上がってきて、と言われていたのを思い出した。

めまいのしそうな急な階段を上がっていくと、上のほうからダンス音楽が聞こえてきた。屋根裏部屋にたどり着いたときには、耳をつんざくほどの音量で、呼び鈴をいくら押しても返事がない。

頭に来て、扉を思いっきり叩くと、急に音楽がやんだ。バタバタと足音が聞こえ、扉が開いたと思うと、モニカが顔を出した。ハアハア息を切らし、顔は上気して、額は汗で濡れている。

「ごめんごめん、上の呼び鈴も壊れちゃったの」

「マジ？ 満身創痍のアパートね」

モニカは舌を出して苦笑いし、「せまいけど、入って」と、なかに入れてくれた。

「すごい汗。どうしたの？」

「フランチェスカと踊ってた」

モニカが額の汗を手の甲でぬぐい、暑い暑いと、Tシャツの裾をあおっているところへ、どこに隠れていたのか、姿が見えなかったフランチェスカが突然現れ、モニカの背中に飛びついた。

「ママ、もっと踊ろう！」

フランチェスカの突撃を受け、モニカはよろけた。「もうムリ。死んだ〜！」と叫び、床に倒れた。フランチェスカは「大丈夫だって。ねえ、もっと踊ろう」と母親を揺すぶる。モニカは目をつぶり、答えないでいるが、「ママ、起きて。ねえ、ねえってば！」と、娘のほうもなかなかしつこい。

モニカはとうとう観念したのか、「もう終わり。お客さまがいらしたでしょ」と、起き上がった。らしからぬ言い方をするので、「ずるいな。わたしを言い訳に使わないでよ」とにらんだら、へへっと笑ってごまかした。そして、

「ねえ、アペリティフが飲みたくない？　もうちょっとしたら、うちの小っちゃなテラスに、ちょうど太陽があたる時間帯なんだ。お日さま浴びながらアペリティフ飲んだら、いいだろうなあと思って。」

「いいね。グッドアイデア！」

ノリのいい返事にモニカはご満悦で、「ちょっと待ってね、今、仕入れるから」と、電話が置いてあるところに行き、どこやらかにダイヤルした。

晩秋のはかない太陽をかき集めるようにして、わたしたちがテラスで日光浴をしていると、扉をノックする音がした。

「開いてるよ〜！」モニカが大声を張り上げると、モニカのラフさとは正反対の、ちゃんと上着を着た折り目正しい感じの男性が、小さな扉から長身を折り曲げるようにして入ってきた。

モニカを見てほほえみ、「ほら」と、持ってきたプロセッコのボトルを手渡す。「ありがとう〜！」モニカは相好を崩すと立ち上がり、男性の頬っぺにチュッとした。そしてわたしに「こ

ちら、クリスティアーノ。いっしょに仕事してる建築家のひと」と、紹介してくれた。

クリスティアーノはわたしに「よろしく」とあいさつすると、そばにいるフランチェスカに「やあ、おちびちゃん！元気にしてた？」と声をかけた。そしていっしょにテラスにすわり、モニカのおしゃべりを、にこにこして聞き始めた。

神経のこまやかな人で、わたしやフランチェスカにも、ときどき言葉をかけたり、うなずいたりして、気を配ってくれる。

モニカはプロセッコをひと口飲むと、「ね、あまやかされるって、いいよね」と、わたしに目くばせした。気まぐれを笑って聞きとどけてくれる、そんな男友だちの存在に満足そうだ。

恋人？クリスティアーノがお手洗いに立った隙に小声でたずねると、ううん、単なる友だち。あたし、前の彼と別れて今ひとりだから、やさしくしてくれてるの。

ふうん。でも、やさしくしてくれるのは、女としてのあなたに興味があるからじゃないの？と探りを入れると、「そりゃそうでしょ。興味ぐらいなきゃ、女どうしだってつきあうなんて気にならない」と、はぐらかされた。

「でも、それだけ。あたしは娘とふたり、生活のペースもできあがっちゃってるし。少なくとも今のところは、この生活に男の人を入れる気はない。あたしの生活を尊重してくれて、ときどきわがままを聞いてくれる男友だちがいれば、それで十分」

そんな、こっちの思惑どおり動いてくれる男なんて、いるのだろうか？だいたい、好きで

もない相手にあまやかされても、気持ちわるいだけだ。めんどくさそう、とわたしが顔をしかめると、

「どうして？　別になにもめんどうなことないよ。口説かれるのがうっとうしければ、ストップをかければいいんだし、反対に楽しければ、ゲームとして楽しむ。きわめてシンプルだよ」

あつかましいほどあっけらかんとしたモニカの言い方に、お手洗いからもどってきたクリスティアーノが苦笑している。

たしかに、自分が欲するものを明確につかんでさえいれば、めんどうなどないのかもしれない。だけど、そんなにわりきれるものか。心なんてあやふやで、天気のように変わる。

わたしは自信満々のモニカに軽いいらだちをおぼえた。モニカはそんなわたしの変化に気づいたのか、

「まあ、いつもこちらの思う通りにさせようったって、そうはいかないけどね」

おとな三人がおしゃべりに熱中していると、フランチェスカがおもしろくないらしく、クリスティアーノが持ってきたプレゼントの包みにしきりに触れては、ママ、これ開けてもいい？　と、うるさい。だめよ、とモニカ。フランチェスカはしばらくだまるが、すぐにまた、ねえ、中身はなんなの？　どうしてママにあげたの？　と、母親にからみだす。

モニカがとうとう、「あんたには関係ないことよ」と、ぴしゃりと言うと、フランチェスカ

は顔を真っ赤にして怒り出した。ママなんか大きらい。うちのママは全然、ママらしくない。よそのうちのママは、ママみたいに男の人からプレゼントもらったりしない！

モニカは顔色ひとつ変えず、視線だけで娘をつかまえ、

「フランチェスカ、あんた、あたしがそこらにいる退屈なママじゃなくて、ほんとうによかったね」

さらに、言いかえそうとしたフランチェスカを制して、

「よそのうちがどうのこうのって言うの、やめなさい」

モニカのこわいほどの威厳に、フランチェスカばかりか、そばで話を聞いていたクリスティアーノとわたしまで固まってしまった。モニカはそんなわたしたちのほうに向き直ると、さっきまでのごきげんな笑顔にもどり、おなかすいたね、だれが昼ご飯つくる？と、のたまった。

そんな気の強い、女王様気質のモニカだが、彼女の涙を、一度だけ、見たことがある。調べ物があるわたしにつきあって、サンサルヴァドール教会にいっしょに寄ってくれたときだ。アペリティフでも飲みに行こうと誘いにやってきたモニカは、思わぬなりゆきに、教会って苦手なんだよねえ、と渋っていたのだが、すぐすむからというわたしに背を押され、教会の門をくぐった。年の暮れも近い、寒い夕方だった。

わたしは前もって訪問を知らせておいた教会の司祭さんにいくつかの質問をするため、事

務室に入った。手早く質問をすまそうと軽い気持ちでいたわたしとちがって、司祭さんが実に熱心に答えてくれたので、思ったより時間がかかってしまった。司祭さんにお礼を述べながらも、モニカに悪いな、と気が気でなく、終わるとわたしは事務室を飛び出した。

教会を見渡すと、ミサのために集まっている人々から離れたところに、モニカがひとり、ぽつんと立っている。わたしはお祈りに来ている人たちのじゃまにならないよう、なるべく足音をたてないよう気を遣いながら、足早に彼女に近づいた。モニカ、と声をかけようとしたその寸前、彼女の頬がきらっと光ったのに気がついた。

わたしは言葉をのみ込んだ。息をとめたまま彼女の視線をたどってみると、受胎告知の絵があった。

絵の前にたたずんでいる彼女の長身には、声をかけられないような雰囲気がある。わたしはまわれ右をして反対側の通路にまわり、扉の近くで彼女を待った。

涙を見てしまったことを、彼女には気づかれなかった。

季節はめぐり、五月になった。あちこちにジャスミンの花が咲き、さわやかな初夏の空気をかぐわしい香りで染めている。

その朝、わたしとモニカは、リド島に出かけた。サンマルコ広場の近くからフェリーボートに乗り、リドに着くと自転車を借りた。そして、島の北部にある、自然保護地区の砂浜をめざして漕ぎ出した。

ビキニトップに短パンという格好で、海岸沿いを走る。いい気分だった。肌を太陽がじりじりと灼いているが、空気がさわやかなので暑くはない。この風にいつまでも吹かれていたい、そんな初夏の朝だった。


松林に囲まれた、あまりひとけのない砂浜にたどり着くと、待ってましたとばかりにサンドイッチにかぶりつく。まだ十二時前なのに、またたく間にたいらげてしまった。

ようやく人心地ついて、今度はゆっくりとビールを飲みながら、モニカが笑った。食べても食べてもおなかがすくなんて、まるで妊婦みたい。

わたしはビールを受け取ると、ひと口飲み、妊婦って、やはりそんなにおなかがすくものなの？　と、聞いた。

すくわね。あまりにもおなかがすくから、おなかのなかには赤ちゃんじゃなくて、おそろしい怪物でもいるんじゃないかって、こわくなったくらい。

やだ、そんなこわいこと言わないでよ。本気でぞっとしているわたしを見て、モニカはふふっと笑った。でも、生まれてみると、この世のものとは思えないくらい、きれいな、かわいい女の子だったけどね、と目を細めた。

フランチェスカ？　そう、フランチェスカ、あたしとジャンパオロの……。

モニカは海のほうに目を向けたまま、語り出した。

二十歳のころ、あたし、二十も年上の人に恋したの。あたしが通っていた美術大学の教授で、彫刻家だった。はじめは、ちょっとした好奇心だった。仕事しか目にない、何にも動じないという感じのその人の、動じる顔が見てみたい。近づいた動機はほんと、そんなとこだったの。なのに、自分で仕掛けた罠に、自分ではまってしまった。夜、彼の仕事場が逢引きの場所になった。

この人が好きだ。そう気づいたときは、ぞっとした。なんとかして元の遊びにもどさなきゃって、思ったときは、もうおそかった。それは彼も同じで、ふたりしてまっさかさまに恋の奈落に落ちていった。

愛して、愛されて、はじめて嫉妬ってものを知った。彼が奥さんと別れて、あたしを選んでくれるんでなければ、あたしはもう終わりだ。そんな強迫観念にとらわれた。

自由になりたくてうちを出たのに、皮肉よね。自由どころか、あたしは完全に彼の虜だった。なんとかして彼を自分のものにしなければ、もうあとはない。追いつめられて、ずいぶん無茶なこともした。妊娠したって、嘘をついたりして……。でも、無理は通らないものね。

結局、彼は奥さんのもとにもどり、あたしは苦い敗北感をなめさせられた。さらに皮肉なことに、そのあと、自分がほんとうに妊娠していることに気づいたの。

愛は去り、あたしにはおなかの子だけが残された。堕ろすしかない、そう思った。男にもてあそばれ、妊娠させられた馬鹿な女って、それ見たことかって言われる。それが死ぬほどこわかったの。あたしたちの、少なくともあたしにとってはいちばん崇高で、うつくしかったものが、他人の思惑によって汚されるのは、耐えられない。明日、手術を受けに行こう。そう決めた。

明日が来、あさってが来、でもなぜか病院には行けなかった。明日こそ、そう思うんだけど、また行けない。自分でも、理由がわからなかった。宗教や道徳上の理由でないのはたしかなのに。

いても立ってもいられなくて、町中ほっつき歩いた。わらをもすがる思いだったからかな。ふだんは教会なんか、足を踏み入れたこともなかったのに、そのときはなぜか引かれるようにして、ある教会に入ったの。そこで、受胎告知の絵が目にふれた。

あのとき、初めて、マドンナをひとりの女として意識した。

大天使から、あなたは神の子を宿したって突然告げられて、どう思ったんだろう。処女で神の子を身ごもった。そんなことをみんな信じるって、疑いもなく信じることができたのか。それともやっぱり不安だったのか。

不安だったにちがいない、こわかったにちがいない。絵を見て、わたしはそう感じた。おそれ多いけど、今のあたしとおんなじだ、と思ったの。でも、マドンナは逃げ出したりはしなかった。

急に、ものすごい怒りが湧いてきた。だれにって？　自分によ。男に捨てられたとか、父なし子だとか、世間体ばかり気にして、自分で自分を貶めている。

でも、あたしの恋を、おなかの子を、あたしが肯定しないで、いったいだれがしてくれるっていうの？　だれも。あたしがやらなきゃ、だれも。そう思ったら、負けん気がもどってきた。あたしの恋の、そのだいじな果実であるこの子を、闇に葬り去ったりはしない――。


モニカが話し終え、聞こえるのは潮騒の音だけになった。目の前にはおだやかな海があり、木洩れ日がちろちろと肌をなめている。

海を見ているモニカの、金色に日焼けした肌。その、しなやかに息づくおなかの真ん中に、一粒の真珠が、無垢な輝きを放っている。

そのピアス、すごく似合ってる。ほめると、モニカはまた、いつもの皮肉っぽい顔にもどり、片頬だけでほほえんだ。そして、「フランチェスカが学校から帰ってくる時間だから、もう行かなきゃ」と、砂をはらって立ちあがった。

ラ・ヴィータ・エ・ベッラ　La vita è bella

アンナとはヴェネツィア、リド島の、スキューバダイビングのクラブで知り合った。赤みがかった長い金髪の、うつくしいひとで、ヴェネツィア近郊の町から恋人らしき男性といっしょに通って来ていた。

彼のほうはステファノといい、黒い巻き毛の、これまたハンサム。年は彼が二十代後半、アンナが三十代半ばといったところか。そう、彼女のほうがちょっと年上のようだった。反対の者どうしは惹かれ合う、というが、アンナが明るくて落ち着きのある、親しみやすいひとだったのに対し、ステファノは癖が強そうな、エキセントリックな感じの若者だった。クラブに来ても講習を受けるだけで、ほかの仲間となじもうとしない。

孤立してしまいがちな彼をアンナはさりげなくフォローし、彼がその場にうちとけられるよう心をくだいているようだった。その様子から、アンナがただうつくしいだけでなく、やさしく、かしこいひとなのだということがうかがえた。そしてまもなく、それを確信に変えるような出来事が起こった。

ビーチの片隅の、松林に囲まれたスキューバクラブの小屋の前庭で、海での講習を終えたメンバーたちが、水を浴びたり、着替えをしたりしていたときのことだ。

突然、子どもの悲鳴が聞こえた。ぎょっとして、みんないっせいに声のほうを向く。よく目をこらすと、数メートル先の木陰に子どもが転んでいる。

不意をつかれ、一瞬、みんなたじろいだのに、アンナはもう駆け出していた。赤いビキニが砂の上を走る。

アンナは子どもに声をかけて、抱き上げた。五歳ぐらいか。子どもはさっきまでショック状態だったのが、アンナに抱かれて安心したのか、急に火がついたように泣き出した。石かなにかで深く切ったのか、膝から血があふれ出ている。

アンナは子どもを腕にかかえ、急ぎ足で戻ってくると、簡易シャワーで傷をていねいに洗った。その合間に、「きれいなタオルをちょうだい」、「救急箱を持ってきて」、「この子のおかあさんを探してきて」と、その場にいたメンバーたちに手際よく指示を出す。

「よしよし。大丈夫よ。すぐにママが来るよ。痛くなくなるよ」

子どもを上手にあやしつつ、仲間が差し出した救急箱から包帯を取り出し、手際よく巻く。アンナの胸に抱かれ、「痛くない、痛くない」と声をかけてもらっているうち、子どもはだんだん落ち着き、泣きじゃくる声も静まってきた。そこに、真っ青な顔をした子どもの母親が現れた。「ニコロ！」

アンナは母親の腕に子どもをそっと返した。

「応急処置はしたけど、傷が大きいから念のために医者に見せたほうがいい」

アンナはそう、母親にアドバイスすると、「ニコロくん、お大事にね」と、子どもにほほえみを投げかけた。そしてステファノのほうを向き（この人もいたのだ）、「さあ、ひと泳ぎして帰ろう」と促して、その場を後にした。

ビーチの向こうに遠のいていく彼女の後ろ姿に、だれかが「ひゅ～」と口笛を吹いた。アンナが見せた落ち着きとやさしさ、的確さに、みんなしびれた。それまでもアンナは仲間たちの好感を集めていたが、この一件でそれは決定的になった。

アンナにはその後も何度かクラブで顔を合わせた。いつもステファノといっしょで、講習は順調に進んでいるようだ。なのにふたりは、あまり楽しそうに見えない。もともと陰鬱で感情を顔に出さないステファノはともかく、アンナのまなざしがなんとなくうつろなのだ。ふたりのあいだの不協和音のようなものが、まわりにもそこはかとなく伝わってくる。

そんなある日、クラブの近くの木陰で、ステファノがアンナをひどく責めているのを見かけた。あのアンナが、あんなステファノなんかに、なにをそんなに責められることがあるのだろう？　ステファノが好きじゃないわたしはちょっとムッとしたが、無論、自分には関係ないことだ。

その一ヶ月後、ぐらいだったたか。

週末にクラブに行くと、アンナがひとりで講習に来ていた。ステファノは？　今日はいっしょじゃないの？　と聞くと、力なくほほえみ、なにも言わずに行ってしまった。様子が変である。

「アンナ、今日は元気なかったね。ステファノもいないし。なんかあったのかな？」

なんとはなしに、その場にいた仲間に聞いてみた。しばらくの沈黙ののち、ひとりがわたしに耳打ちした。

おどろいた。アンナには家庭があるのだそうだ。

夫と、小学生の女の子がいるらしい。ステファノといっしょになるため、夫と別れ、女の子を引き取ろうとしているが、別れ話はなかなか進まず、ステファノともめているとのことだった。

そうか。そんな事情があったのか……。

よくある話、といえば、よくある話である。アンナは魅力的なひとだから、夫以外の男に横恋慕されてもおかしくない。しかし、相手があのステファノではなぁ。

アンナには悪いが、ちょっと応援する気になれない。顔だけは美形だが、排他的で、わたしたちがアンナと話そうとしてもひとり占めして離さない。どうしてアンナがステファノなんかに惹かれるのか、ちっとも理解できなかったが、あのアンナが好きになるくらいだから、なにかしら良いところもあるのだろう。

アンナのことを好ましく思っていたわたしは、とにもかくにも彼女のしあわせを願った。

その後、夏も終わり、秋風が吹き始めるころになって、わたしは再びクラブ小屋をおとずれた。シーズン終了前に、もう一度だけ潜りたかったのだ。今日はコーチが船を出す日である。小屋で準備をしていると、仲間のマルコが、なにか話したそうにうずうずしている。

「どうしたの?」

「……。聞いてない?」

「なにを?」

「アンナとステファノが別れた」

「えっ——。ほんとに?」

「うん。ステファノに若い彼女ができたらしい」

「彼女？　ステファノに？」

解せない。あんなにアンナ、アンナとひっつきまくっていたくせに。

「でも、どうしてあなたがそんなこと知ってるの？」

マルコに聞くと、偶然、ふたりの修羅場を見ちゃったのだという。

「突然、すぐそこですごい怒鳴り合いが始まったんだ。いやでも聞こえちゃうよ」

マルコの話では、そのときクラブ小屋の前庭では、いつものように何人かのメンバーが着替えたり、日光浴をしていたという。

アンナとステファノは最初、その片隅でひそひそ話をしていた。それがだんだん声が荒くなってきて、しまいにアンナが激昂し、ステファノを罵倒し始めた。ステファノも興奮して怒鳴り返す。殴り合いにこそならなかったものの、ものすごい修羅場がくり広げられたのだという。

信じられない。あの、いつも落ち着いているアンナが、そんなふうに人前で我を失うなんて。

「俺だって、いや、みんな、我が目を疑ったよ」

ひそかに慕っていたアンナが、仲間とはいえ、好奇な目にさらされたかと思うとつらかった。

二の句がつげなくていると、マルコはさらに、

「アンナはね、だんなさんが離婚にようやく承諾したって言ってた。娘さんも引き取れることになったって。これでようやくうしろめたい気持ちなくステファノと会える。新しい生活を始められるところまで来たのにって——」

絶句した。そこまでの決断をするには、きっと長い逡巡があっただろう。子どもがいるなら尚更だ。だんなさんも傷ついたろうし、そのことでアンナも苦しんだだろう。ひょっとしたら地獄を見たかもしれない。それでもようやく離婚というところまで漕ぎ着けたのに、ステファノには新しい彼女ができ、別れを切り出されるとは。


ステファノへの怒りがこみ上げてきた。ヤツなんて、アンナの足元にもおよばない。なのに、ほかに女ができたなんて、それでアンナを苦しませるなんて……。Non of my business とわかってはいても、怒りを抑えられなかった。なによりアンナが心配だ。

とはいえ、時折ここで顔を合わせるだけのわたしなどにできることは、なにもない。彼女だって、他人に干渉されたくなどないだろう。

アンナはおとなだ、それも人一倍バランスのとれた、かしこいひとだ。きっと時が解決してくれる——。そう信じ、一日も早く彼女が心の平安を取り戻せることを祈った。

しばらくし、そんなことも忘れたころになって、リアルト橋の上でアンナとばったり会った。晩秋の、よく晴れた日の朝だった。アンナは心持ちやせたようだが、元気そうだ。

「アンナ！　うれしい、会えて。あの、あのう……」

アンナはふっと自嘲的に笑い、

「聞いているんでしょ？」

「……うん、まあ……。大丈夫？」

「……うん。……大丈夫」

ひと言、ひと言、かみしめるように、自分に言い聞かせるように彼女は言った。

「ほんとうに？」

ほんとうにもう大丈夫なのか。たしかめたくて、アンナの顔をのぞきこむ。すると彼女はくちびるを噛み、苦しそうに目を閉じた。そして、激しく頭を振る。

「ううん、ごめん。ほんとうじゃない。苦しい。苦しくて、どうしていいかわからない」

声を引きしぼるようにつぶやくと、堰を切ったように泣き出した。

うろたえた。いつも冷静だった彼女が、なりふりかまわず町中で泣くなんて。しかも特に親しいわけでもないわたしの前で……。

アンナが気の毒でたまらず、思わず抱きしめた。

腕のなかで、彼女は細い肩を震わせて泣いている。そのかすかで小刻みな震えから、彼女の負った傷の深さが生々しく伝わってきて、こちらまで泣きそうになる。どうしたらいいだろう。なんてなぐさめればいいのか。

橋の片隅で泣いているアンナと、その肩を抱いているわたし。その前を、観光客たちが写真を撮ったり、お土産物屋をひやかしながら往来している。アンナにかける言葉を必死で探しているわたしの目に、その光景はまるで無声映画のように奇妙に映った。

しばらくして、腕のなかの震えがおさまったと思うと、アンナが顔を上げた。

「ごめん、取り乱して」

「ううん、全然」

アンナは涙を拭いた。そして、ほほえみをしぼり出した。

「苦しい。苦しくて気が狂いそう。でも、乗り越えないとね。La vita è bella. 人生はうつくしいんだから、いつまでも泣き暮らしているのはもったいない」

ラ・ヴィータ・エ・ベッラ。人生はうつくしい。こんな状況で、そんなことが言えるなんて……。

アンナへのおごそかな気持ちが湧き上がった。苦しいだろうに、つらいだろうに、人生を肯定しようとするその気概。自暴自棄になって、口から出まかせに人生はサイテーなどと吐いたりしない、そのつつしみ。

鐘の音が聞こえてきた。近くの教会の、時を告げる鐘だ。アンナははっと腕時計を見て、「あ、行かなきゃ。落ち着いたらまたリドに行く。じゃあね」

「わかった。またね。元気出してね」

アンナはうなずくと、長い金髪をひるがえし、橋を降りていった。その後ろ姿を見て、彼女が怪我した子どもを手当したときのことを思い出した。落ち着きとやさしさ、的確さ。大丈夫、きっとアンナなら、この苦しみを乗り越えられる——。


アンナが自殺を図ったのを知ったのは、その数ヶ月後だった。あまりのことに、聞いた瞬間、頭が真っ白になった。しかし幸いなことに発見が早くて助かり、数日入院しただけで、大事に至らず済んだという。

よかった……。なにはともあれ無事だった。

ほっと胸を撫で下ろし、アンナが生きていてくれたことを天に感謝した。同時に、彼女の、ラ・ヴィータ・エ・ベッラという言葉がよみがえった。

人生はうつくしい——そう自分に言い聞かせ、乗り越えていこうとする。それでも現実、苦しみはそこにあり、消えてくれはしない。つらくて眠れない夜に、夜明けが来ることを信じるのは容易ではない。強かったひとが、こんなにももろい……。

その後、アンナはスキューバに興味をなくしたのか、もう、リドに来ることはなかった。

舌の思い出

Quello che il palato ricorda

お針子リリーと鰯とポレンタ

それは昔話に出てくるような、小さな愛らしい家だった。ヴェネツィアのサンマルコ広場の東側に位置する、下町の長屋の一角。そこに老夫婦が住んでいた。洋服の寸法直しの内職をしているリリーと、だんなさんのアルヴィーゼだ。

リリーを訪ねたのは、少し長すぎる上着の袖を詰めてもらうためだった。結婚してヴェネツィアで暮らし始めたものの、まだ右も左もわからないわたしのために、夫の母が紹介してくれた。

「昔は縫製工場でお針子をしていたそうよ。もうとっくに引退しているけど、ちょっとした直しや裾上げは引き受けてくれる。親切で、いい人よ」

リリーの夫のアルヴィーゼが、昔、夫の父の船会社で働いていた縁で、いつかしら、服の直しはリリーに頼むことになったらしい。

会ってみて、リリーが大きいのにおどろいた。小さな家の低い天井が窮屈に見えるぐらい、上背がある。それなのに、話す声は小さい。おとなしくて、少女のようにはにかみがちに話す。

あいさつをしていると、奥から小太りの男の人が出てきた。だんなさんのアルヴィーゼだ。小男で、リリーよりふたまわりは小さい。自宅で知らない東洋人に出くわし、ぎょっとしている。リリーが「○○さんちのお嫁さん」と説明すると、ああ、と、ほっとした顔になった。

リリーの家は一階にあった。玄関を入るとすぐ居間だ。小さな部屋にソファーとテレビ、食卓、裁縫台とミシンが置いてあり、その隅っこに申し訳程度の小さな台所がついている。その奥が寝室らしい。

住める土地が限られているヴェネツィアはこぢんまりした家が多いが、それにしてもミニサイズの家だった。が、猫の額ほどの庭があり、ガラス窓を通して花や緑、青空が見える。それであまり狭さが気にならない。

リリーは早速作業に取りかかった。わたしに上着を着せ、長すぎる袖を少しつまむと、待ち針で止める。「これでどう？」

たった一センチほどのことだが、ずいぶんすっきりする。うなずくと、リリーは袖のつまんだ部分をざっと仮縫いした。

ふと目を窓の外にやると、アルヴィーゼが庭で草むしりをしている。そこにスズメが一羽やってきて舞い降りた。

「ありゃ、お友だちが来たよ」

リリーはほほえみ、台所の棚からパンのかけらを取り出した。窓から「ほら」とアルヴィーゼに手渡してやる。アルヴィーゼはパンをほぐし、慣れた手つきでスズメに与える。窓越しにそれを見ているリリー。

ふたりのたたずまいの、どこか浮世離れした静謐さに、メルヘンの世界にまぎれこんだような気がした。

以来、何度かお世話になった。いつ訪ねても、ふたりはおだやかに迎えてくれる。

リリーとアルヴィーゼはそのころ七十ぐらいか。当時三十を超えたばかりのわたしとでは世代もちがうし、ふたりが話すヴェネツィア弁がよくわからないこともあり、たいした話はできない。

日本ではまだみんなキモノを着るのか。キモノはどうやって縫うのか。ヨコハマは大きな港なのか――。気を使ってそんな質問をしぼり出してくれ、多少の会話は成立したものの、その程度だ。

ある日の夕方、義父のお使いで、頼んでいた服を取りに行った。家の前に来ると、焼き魚の香ばしい匂いがする。呼び鈴を押すと、しばらくしてリリーがナプキンで口を拭きながら出てきた。

ごめんなさい、食事中に……。恐縮しながらなかに入った。でも、まだ六時。イタリアでは晩御飯は八時ぐらいからが普通だが、老夫婦は夜が早いのかもしれない。あやまりつつも、目は、いい匂いのする食卓に吸い寄せられる。

山盛りの焼き鰯。そのとなりに、大きな黄色い鏡餅のようなものがこんもりと盛られている。一部、切り取られた部分は、それぞれのお皿で鰯とともに食されている最中だ。

ポレンタ？と聞くと、リリーがうなずいた。

ポレンタは北イタリアでよく食べる食材で、とうもろこしの粉だ。水で煮てお粥状にしたり、固めに仕上げたものを切って食べる。

それまでも食べたことがなかったわけではない。が、レストランでつけあわせとして供されるそれは、小さな一片で、まるごとのポレンタを見たのは初めてだった。炊きたてのご飯にも似た、ほっこりとやさしい匂いが食欲をそそる。

おいしそう……。鰯とポレンタに目が釘付けのわたしに、リリーは、

「そんなに見ねえでおくれ。たいしたもんじゃねえんだから」

「ううん、すごくいい匂い。こんなまるごとのポレンタを見るのは初めて。家庭ではこうして食べるものなの？」

「知んねえ」

リリーはもごもごとつぶやき、料理を隠すかのように食卓の前に立った。アルヴィーゼも咀嚼をやめ、バツが悪そうにしている。

それを見てハッと我に帰り、

「ごめんなさい、お食事中に。服のお直しをありがとう。では失礼します」と、あわてて退散した。


その晩、義父に服を届け、ついでに晩御飯をよばれた。家族で食卓を囲み、リリーとアルヴィーゼの話題になった。

義母が「リリーはやさしいでしょう? アルヴィーゼも感じがよくて」というと、義妹のキアラが「ほんとにかわいらしいノミの夫婦よね」と相槌を打つ。わたしもうんうんとうなずき、さっき見てきた食事の風景を語った。

「ふたりが食べていた鰯とポレンタが、すっごくおいしそうだったんです。ちょっとぐらい味見させてくれるかと思ったけど、させてくれなかった。リリーに料理を隠されちゃった」

ふざけ気味に話していたら、義父がわたしを軽くにらんだ。そしてちょっとあらたまった口調で、

「ふたりは静かに暮らしてるんだ。そっとしておいてあげなさい。もう遅い時間に行っちゃだめだよ」

え？

突然のお叱りに面食らった。どうしてわたしが怒られるの？　そもそもお義父さんのものを取りに行ってあげたのに、それもちっとも遅い時間じゃなかったのに……。

むっとして黙り込んだわたしを、義父がちらっと見た。そしてグラスを置き、くわしいことは知らないが、と前置きをし、語り出した。

「ふたりとも孤児だったと聞いている。親に早く先立たれ、苦労したそうだ。ファシズムが台頭し、世界恐慌が起きたころに子どもだった世代だ。ふたりに限らず、つらい思いをした子どもたちは多かった。食うや食わずだったとアルヴィーゼに聞いたことがある。ゴミ箱をあさったり、道端に落ちた食い物の欠片を拾って食べたりね」

わたしはおどろいて顔を上げた。想像もつかなかった。リリーとアルヴィーゼのおだやかなたたずまいの裏に、そんな過酷な子ども時代があったとは。

「アルヴィーゼは造船所で、リリーはお針子として一生懸命働いた。幸い、彼らはおたがいにとってのanima gemella（魂の伴侶、ソウルメイトのこと）を見つけることができた。時間をかけて、自分たちの力だけで地に足のついた暮らしを作り上げた。立派なひとたちだ」

みんな黙って聞いている。義父はつづけた。

「ポレンタはね、きみが思っているような食べ物じゃないんだ。昔は貧しい庶民の食べ物だった。特に戦前はそうだ。ポレンタでなんとか命をつないだ人も多かった。今でこそレストランで洒落た盛り付けで出されるようになったけど、それはごく最近のことなんだ」

「……」

その話を聞き、リリーのポレンタに大げさに感心し、味見したいなどとのん気に思った自分が恥ずかしくなった。ポレンタが意味するものは、リリーたちとわたしではまったくちがうのだ。

自分たちにとって命綱だった食べ物、普段のつつましい食事を、突然、外からやってきた外国人にじろじろ見られ、さぞ困惑しただろう。リリー、アルヴィーゼ、ごめんなさい……。

わたしが神妙な顔になったのに気づいた義父は、

「心配しなくていい。きみが知る由もないことだからね。ただ、そんな事情もあって内気な人たちだから、そっとしておいてあげてね」

黙ってうなずいた。


となりでしんみり話を聞いていたキアラが、そういえば、と口を開き、

「ふたりはあんなに仲がいいのに、子どもはいなかったの？」

義父はため息をひとつつくと、

「リリーが身ごもった、とふたりが大喜びしたときがあった」

キアラと夫は初耳だったようで、おどろいた様子で父親の顔を見た。

「もうかなりいい年になってからのことなんで、リリーもアルヴィーゼも飛び上がって喜んだ。まわりもめでたいニュースに沸いた。ところが、調べてみるとまちがいだった。リリーは若いころにかかった結核が原因で、子どもを望めないからだだとわかったらしい」

一同、しーんとなった。

苦労人のふたりが中年になって、ようやく子宝に恵まれた。天にも昇る思いだったろう。それが一転して、子どもは望めないことが判明した。想像するだけでつらい、どんでん返しだ。

そういえば、リリーに「プテオ？」とたずねられたことがあった。プテオとはヴェネツィア方言で子どものこと。つまり、子どもはまだ？　とたずねられたのだ。

まだよ、と、無頓着に答えたものの、リリーの口から発せられた、プテオという言葉の響きが印象に残った。リリーはその言葉を、まるで大切な宝物かのように、そっと発したのだ。乱暴に口にするとバチが当たるとでもいうように……。

そのリリーの心情に思いを馳せていると、黙って話を聞いていた夫が突然、いらだたしそうに口を開いた。

「こういう正直な、まじめに生きてる人間がそんな目にあうなんて、やっぱり神はいないな」

その、神さまを冒涜するような物言いに、義父母はいやな顔をした。

夫は根はやさしいひとなのだが口下手で、つい、こういう乱暴な言い方になってしまう。神さまのことは実は信じていると思うが、教会は嫌いで、挑発的な批判をくりかえす。それでよく家族のだんらんに水をさす。

義父は話が不穏な方向になるのを察して、口を閉ざしてしまった。それで、リリーとアルヴィーゼの話は終わってしまった。


その後、いつのまにか、リリーのところには行かなくなった。働き始めて忙しくなったのもあるし、ヴェネツィアにもZARAやH&Mといった店ができて、服とのつき合い方が変わったことも大きい。それまでのように、服のサイズや身丈を微調整しながら長く着る、ということが減ったのだ。


最後にリリーとアルヴィーゼに会ったのは、大きめの高潮で町が冠水した翌朝だった。

リリーたちの家の近くに用事があり、たまたま家の前を通りかかった。戸口が開いているのでのぞくと、ふたりが黙々と家のなかを掃除している。

こんにちは！ご無沙汰してます、と声をかけると、ふたりは手を止めて顔を上げた。そして、久しぶり、とほほえんだ。大女だったリリーだが、腰が曲がり、アルヴィーゼとの身長の差が少し縮まったようだ。ふたりとも前より白髪としわが増えた。が、元気そうだ。

家のなかに入ると、マットが窓に干してあり、床が泥で汚れている。昨日の高潮で浸水した後、水は引いたが、水がもたらした泥や細かい屑が残っているのだ。

「うわっ、昨日の浸水で入ってきちゃったんですか?」

「そうさね。毎度のことさ」。リリーは淡々と答える。

たしかにヴェネツィアでは高潮は毎度のことだ。そのため、浸水の被害を受けないよう、居住スペースは二階以上に設けられていることが多い。が、リリーたちのように一階に居住する人たちもいる。そうすると、大きめの高潮が来ると、居住スペースに水が入ってきてしまう。戸口のところに金属のパネルを立て、水と漂流物の侵入を防ぐようにしてはいるものの、ある程度入ってきてしまうのはどうしようもない。


「大変だから手伝います」

「いい、いい。どうってこたないから」

「いや、ふたりじゃ無理ですよ。手伝わせてくださいな」

「いんや、いい。今までも自分たちでやってきたから」

何度か押し問答をして、結局手伝わせてもらえなかった。後ろ髪を引かれる思いでおいとましたが、数歩行って、やはり心配でふりかえった。

リリーとアルヴィーゼは、ゆっくりではあるが手慣れた動作で、せっせとゴミを掃き出したり、床を拭いたりしている。その額は汗で濡れている。

ふたりの様子を見ていて、ジーンと来た。なんだかおごそかな気もちになった。こうして浸水のたび、黙って、ふたりで片付けてきたのだ。

リリーも、アルヴィーゼも、苦労して育ったせいか、めったなことで愚痴や文句を言わない。多少のことでは騒がないし、困難や不条理にも声高にあらがうことをしない。しかし決して屈服しているのではない。静かだが不屈の精神があり、どんな試練にも立ち向かってきた。

ふと、空が明るくなった。さっきまで空を覆っていた雲がはけたようだ。なかのそうじは一段落ついたのか、リリーがほうきを片手によたよたと表に出てきた。玄関先に立つと、空を見上げる。ああ、お日さまが出てきた。そんな表情で、気持ちよさそうに目を閉じる。そしてひと息つくと、外を見やった。その視線が、数歩先にいるわたしをとらえた。まだいたのか、と、リリーは一瞬、あきれ顔になった。それが柔和な苦笑いに変わり、やさしい手ぶりで、もう行けと合図する。その大柄なシルエットに、秋の澄んだ光がふりそそぐ……。

泥に汚れた路地のなかで、そこだけが清らかに輝いて見えた。

復活祭　白アスパラガスの誘惑

日本に住んでいるとつい忘れてしまうが、毎年三月後半から四月後半にかけてのいずれかの日曜日に、復活祭がある。キリスト教では最も重要とされている祭日で、イタリアではパスクア（Pasqua）という。

パスクアの次の月曜はLunedì dell'angelo（天使の月曜）で、イタリアは祭日。前日の金曜日はVenerdì santo（聖金曜日）で、企業によっては半休になる。学校も数日間休みになるため、復活祭の時期はイタリアでは行楽のシーズンだ。

「Natale con i tuoi, Pasqua con chi vuoi. クリスマスは親と、復活祭はお好きなひとと」とことわざにもあるように、イタリアではクリスマスは親や親戚の家で過ごす。結婚後はどちらの親の家でクリスマスをするかを夫婦で揉めるほどしがらみがあって、好き勝手はできない。

一方、復活祭は、各自が好きに、好きな相手と楽しむ。それも、季節はあらゆるものが芽吹く春……。

ミモザ、ひなげし、水仙といった花々が次々に咲き、日もだんだん長くなってくる。長い寒い冬のあと、ああ、ようやく春が来たと、みんなうきうきと野に山にくり出す。あたたかい地方では早々と海に行く人もいるし、ちょっと長めに休みをとり、海外旅行に出かける人も——。

そういえば金曜日、渋谷を歩いていたら、外国人が多くてびっくりした。円安にも後押しされ、欧州から復活祭の休みで来ている人も多いだろう。長かったコロナの外出制限が終わり、季節もよく、待ちに待った海外旅行を満喫している。そんな感じがうかがえた。

わたしもイタリアに住んでいたころは復活祭の休みに方々出かけた。なかでも印象深いのが、ヴェネツィアの近郊の町、バッサーノ・デル・グラッパの思い出だ。

バッサーノで、名産の白アスパラガスとゆで卵を死ぬほど食べた。あんなに大量に白アスパラガスと卵を食べたのは、あとにも先にもあのときだけだ。それが愉快で、忘れられない。

あれは結婚してヴェネツィアに住み始め、まだ間もないころだった。夫の両親から、復活祭にバッサーノに行こう、そして白アスパラガスを食べようと誘われた。

クリスマス休暇をいっしょに過ごしたばかりだから、復活祭は夫婦だけで過ごしたい。「復活祭は好きなひとと」というぐらいだし……と思いつつ、なぜまた夫の両親と休暇を過ごすことに同意したのか。

記憶はさだかでないが、白アスパラガスというのが大きかった。白アスパラガスといえば、日本では缶入りのものか、レストランで生から調理したものに与れたときでも、せいぜい数本しか食べたことがない。産地に行くなら思う存分食べてみたいと思ったのだ。

初めておとずれたバッサーノは、風光明媚な町だった。ヴェネツィアから車で一時間ちょっと。青い山並みを背景に、町の中心を川が流れ、その上に中世風の、屋根付きの木の橋がかかっている。バッサーノはこの橋と絵のような街並み、そしてぶどうの皮からとった蒸留酒のグラッパの産地として知られている。

ひと通り観光などして、さあ、白アスパラガスだ。

連れていってもらったのは、白アスパラガスを看板にしている、愛らしい見かけのレストラン。店内も家庭的でいい感じ。いそいそと席につく。

しばらくして、白アスパラガスを茹でたものの山盛りが出てきたときは目を見張った。四人で分けるのかと思ったら、ひとり分だった。二十本ぐらい乗ってたんじゃないか。同時にゆで卵が乗った皿も運ばれてくる。ひとり分として六つぐらいはあった気がする。

それにしても、こんな素材を茹でたものだけ、ドーンと持ってこられて、ちょっと面食らった。どうやって食べるのかと思ったら、それがまた素っ気ないほどシンプルだ。

白アスパラガスを数本、ゆで卵を数個、それぞれ皿にとる。まず、ゆで卵をナイフとフォークでつぶす。それにオリーブオイルとヴィネガー、塩胡椒で好きに味付けし、アスパラガスといっしょに食べるのだ。料理、ともいえない料理。春の味覚の、その、まさに素材そのものを味わう食べ方である。

それがまたうまい。とれたての白アスパラガスの、淡い上品なほろ苦さと、ゆで卵をつぶしてその場で作るマヨネーズ状のものが、なんとも相性がよくておいしいのである。とはいえ、こんな同じものばかり、いくらも食べられないと思うでしょう? それがふしぎ、白ワインがお供なせいか、どんどん行ける。

お皿のアスパラとゆで卵が少なくなってくると、わんこそばみたいに、お店の人が次々とおかわりを持ってくる。それで調子に乗って、また食べちゃう。アスパラガスを三十本、卵を十個は食べたんじゃないか。夫や義父はもっと食べただろう。食べ過ぎて、帰りの車ではもうだれも口を聞かなかった。

「復活祭は好きなひとと」のはずだったのに……。帰宅して胃薬を飲み、つぶやいた。夫婦ふたりきりで過ごせる休みのはずだったのが、白アスパラガスの誘惑に負け、またしても夫の両親といっしょの休みになってしまった。

おかしくもなつかしい、そんな春の日の思い出だ。

今や希少　ヴェネツィアの春の地野菜

先日、白アスパラガスの記事を書いていて思い出した。やはり春が旬の、もうひとつのヴェネツィアの「アスパラガス」のことを。

それはふつうのより茎が細く、ひょろひょろしている。先の方には濃い緑の芽のようなものがいくつもついている。名前はブルスカンドリ（bruscandoli）。

見た目も味もちょっと野生のアスパラガスに似ているため、よく勘違いされるが（わたしも長年勘違いしていた）、アスパラではなく、ホップ——そう、ビールの原材料のあのホップ——の新芽なのだそうだ。

春になると野原の水辺などに萌え出てくる自生のそれを、ヴェネツィアやヴェネト地方ではリゾットやフリッタータにして食べる。また、白アスパラガスと同様、ゆでて、ゆで卵を添えて食べたりもする。

白アスパラガスがアスパラ界の貴族としたら、こちらは庶民。だけど味は負けていない。

白アスパラが上品な、はんなりしたほろ苦さなのに比べ、ブルスカンドリはちょっと舌を刺すような、野趣のあるほろ苦さ。冬のあいだになまったからだに喝を入れるのにぴったりな味わいだ。

このブルスカンドリ、わたしがヴェネツィアに住んでいた十五、六年前までは、毎春、近所の八百屋さんで見かけていた。ブルスカンドリを見ると、ああ、春が来たなと思ったものだ。それが先日、ヴェネツィア在住の友人からショックなことを聞いた。ブルスカンドリなんて最近は全然見ない、かろうじて中央市場のリアルトでちょっと見かけた程度だと。

そもそも個人経営の八百屋というものが、近年、軒並み町から消えたのだそうだ。残っている八百屋もとても高いので、スーパーで買うことが多い。さらに安いヴェネツィアの外のスーパーまで、遠出して買いに行ったりもするのだそう。

ヴェネツィアでは生活物資の輸送はすべて船に頼っている。その分、ほかの町よりすでに物価が高いのに、昨今の燃料の高騰がそれに拍車をかけている。また、町の構造が現代の生活に合わないことによる人口流出、オーバーツーリズムといった問題も、長らくこの街を苦しめてきた。それに追い打ちをかけたのが、数年前に起きた大型の高潮による災害とコロナだった、と、友人は見る。

数年前の大規模な高潮では、大型船が河岸まで押し流され、建物や係留してあった船が壊された。莫大な被害があり、船や建物を修復しなければならないのに、続いてコロナのパンデミックが起き、経済活動が止められた。ヴェネツィアのような観光の町で、わずかな住人を相手に商売をしていた昔ながらの個人商店は、ただでさえ四苦八苦していたのが、それがとどめの一撃になったのではないか――友人は生活者の視点から、そのように分析する。

昔、わたしがブルスカンドリを買っていた近所の八百屋さんも、もうないという。今ではバングラデシュ人の店員が観光客相手に飲み物やスナック、土産物を売る店に変わってしまったそうだ。

長年通った八百屋の女主人と息子さんの顔が思い出される。小さな雑種の茶色い犬もいた。彼らは今、どうしているだろう。

ブルスカンドリはもう、自分で田舎に摘みにでも行かない限り、なかなか口にできないものになってしまったようだ。ヴェネツィアの春の家庭料理の定番が、こうして消えていく。

同様なことが、カストラウール（castraure）にも起きている。

カストラウールというのは、ヴェネツィアのサンテラズモ島で栽培されているアーティチョークの新芽。紫がかった小さな葉が特徴で、潟という塩分を含む場所で育つため、独特の風味がある。食通たちにも珍重され、地元の人に熱狂的に愛されている春の地野菜だ。

ふつうのアーティチョークは、ヴェネツィアでは、オリーブオイル、にんにく、パセリを加え、少量の水で炒め煮にするのがポピュラーな食べ方だが、カストラウールは新芽のやわらかい味と食感を味わうため、サラダなど、生で食べる。

小さなサンテラズモ島で採れる量など知れているし、春先の短い時期にしかお目にかかれない旬のもので、以前から高級野菜という位置付けではあった。それが、前述の友人によると、昨今さらに入手が困難になっているそうだ。

理由としては、町の近所の八百屋さん同様、個人農業の経営が行き詰まっていることが考えられる。昔からサンテラズモ島では農業が行われ、ヴェネツィアに新鮮な野菜を提供してきたが、今やグローバル化で海外から安価な野菜がいくらでも入ってくる。カストラウールの栽培は大変手間がかかり、家族経営の小規模農業では、現代では費用対効果が悪い。後継ぎ問題も深刻なのだそうだ。


ふーむ。

この文章はもともと、大好きなヴェネツィアの春野菜、ブルスカンドリを、この時期ヴェネツィアに行くことがあったらぜひ食べてね、というつもりで書き始めた。それが、ヴェネツィア在住の友人の話を聞き、今やブルスカンドリも、カストラウールも、容易には手に入らない希少なものになったと知った。

なんというか……。諸行無常を、春野菜の動向から知った春であった。

コンビニのマリトッツォ、フリウリの鹿の煮込み

ちょっと前にマリトッツォというお菓子が話題になった。パンにたっぷりの生クリームを挟んだもので、ローマの伝統的なお菓子だ。それが日本で流行って、コンビニでも売られていた。ローマの人が見たらびっくりだろう。イタリアでもローマ周辺から南イタリアでしかお目にかかれないマリトッツォが日本で大量生産され、コンビニの棚に並んでいるのだから。本場のものと同じではないけれど、日本にいながらにしてマリトッツォが食べられるのだ。

手軽に手に入るようになったといえば、ブッラータもそう。「バターのような」という意味の、ご存じ、とろけるような食感が魅力のフレッシュなソフトチーズだが、これも和製ブッラータに昨今スーパーでふつうにお目にかかれるようになった。

わたしはこのチーズが大好きで、五年ほど前にヴェネツィアに行ったとき、なんとしても食べて帰りたいと思っていたのだが、南イタリア産のフレッシュチーズなため、ヴェネツィ

アのスーパーでは売っていない。チーズ専門店でも売ってなくて、結局食べられずに帰国した。それがたったの五年で、和製版がスーパーで買えるようになっている。日本人の、食へのこの飽くなき探究心と進取の精神は、ほかに類を見ないのではないか。

バーニャカウダも日本に定着してすでに十五、六年は経つだろう。ちょうどそのころ、イタリアから帰国してすぐのころだが、ママ友たちとのホームパーティーで、あるママがバーニャカウダを作ってくれたのにはおどろいた。名前は知ってたけど、わたしは食べたことがなかったのだ。バーニャカウダはイタリア北西部、ピエモンテ州の料理だから、ヴェネツィアでお目にかかることはなかったのである。それが日本では家庭で作るぐらい裾野を広げている。

一方、イタリア人は食に実に保守的な人たちだ。イタリアでは郷土料理は、基本、その地方でしか食べられない。ヴェネツィアのレストランでは bistecca alla fiorentina（フィレンツェ風Tボーンステーキ）は食べられないし、フィレンツェのレストランでは、fegato alla veneziana（ヴェネツィア風仔牛のレバー炒め）はメニューにない。自宅でも、ペストジェノヴェーゼなど、郷土料理の域を超えてイタリアの家庭料理の定番となったようなものは別として、自分に縁もゆかりもない土地の料理を作ったり、食べたりはしない。ふつうはイタリアの人はおらが国の料理を愛し、誇り、日々食べている。よその土地の料理に好奇心を抱いたり、食べたがったりはあまりしないのだ。

昔、フィレンツェの行きつけのレストランで「ヴェネツィアに引っ越すことになった」となじみの給仕さんに言ったら、「ふむ。水ばっかりですね」と、ちょっと悲しそうな、バカにしたような顔で言われた。そして、「さあ、キャンティワインをいっぱい飲んでってください。ヴェネツィアに行ったらもう飲めないからね、水ばっかりだから」と、グラスに赤ワインをなみなみついでくれたっけ。

もちろん、ヴェネツィアにもワインがないわけはないし、キャンティワインも売っていないことはない。けれども、ヴェネツィアの人が主に飲むのはソアーヴェやピノグリッジョといった地元の白ワインで、キャンティは飲まない。

これはパルマに留学していた友人の話だが、手打ちのフレッシュパスタが名産の彼の地のレストランでは、軒並み、スパゲッティなど乾燥パスタのメニューはなかったそうだ。「たまにはスパゲッティとかツルツルって食べたかったんだけど、ない、ない、全然」。

イタリア人の料理への保守性は、地域性だけではない。レストランのメニューも定番が多く、都会のモードなレストランを除けば、創作料理などはあまりない。これに関しては忘れられない思い出がある。

北イタリア、フリウリ州の、山のなかのレストラン。夫の実家の小さな別荘がそこにあって、クリスマスから年末年始にかけて家族でよくスキーに行った。

小さな別荘地なのでお店なども少なく、必然的に同じレストランに通うことになるのだが、問題はメニューの数。五つぐらいしかないのだ。鹿肉の煮込みとポレンタ。ムゼットと呼ばれる豚肉のソーセージの煮込みのキャベツ添え。ゆで肉とポレンタ。鱒のソテー。パスタと豆のスープ、といった感じ。それも毎度。

素朴な料理はたしかにおいしいのだが、たまにはちがうものが食べたい。肉は肉でもたまにはタリアータにするとか、鱒もカルパッチョやスモークサーモン風にするとか、なぜ工夫をしないのか？　日本ならふつうの居酒屋でさえ、「いちじくと生ハムの揚げ出し」なんて気の利いたメニューがあって、またそれがおいしいのに、この店の十年一日のメニューはなんだ！

夫に八つ当たりすると、彼は笑い出した。

「十年どころか、もう三十年変わってないよ、ここのメニュー」

「三十年！　よくそれで飽きないわね」

「そんなもんだと思ってるから」

「ほかの客はどうなの？」

「さあ……」

別に気にもならないようだ。

しかたなく、また鹿の煮込みを頼んだら、ちょっと塩辛かった。年輩の、銀髪が見事な堂々とした体格の女将に、ちょっと塩辛いようなんですが……と遠慮がちに言ったら、先ほどのわたしの発言が耳に入ってたのか、「味付けは三十年変わってません」と、やさしく睨まれた。憤慨したわたしは、以降、その店には行かなかった。

しかし、ひょんなことから、ある夏、再びおとずれることになった。夫とふたりで森を散歩していて、ポルチーニ茸らしきキノコを見つけたのだ。夫は念のため、ジャンナに見てもらったほうがいいという。ジャンナって、だれ？ きみが嫌いなレストランの女将だよ。彼女はキノコ採り名人で、キノコの専門家なんだ。

毒キノコを食べて死にたくはなかったので、渋々、夫についてレストランに行った。ジャンナはキノコを見て、目を輝かせた。これはポルチーニだと太鼓判を押してくれ、「これだけ大きくて立派なのはめったに見かけないよ。ラッキーだったね」とほほえんだ。そしてわたしたちのために、そのポルチーニ茸を焼いてくれたのだった。

焼いたポルチーニに塩とイタリアンパセリを細かく刻んだもの、そしてエキストラヴァージンオリーブオイルだけかけて食べる。そのおいしかったこと！ 自分たちが見つけて採ってきたものを食べている、ということが、おいしさを倍増させた。

　地産地消、なんて言葉をそのころのわたしはまだ知らなかったが、ここに山や森、湖といった自然があって、そこに鹿やうさぎが住んでおりキノコが生えている。その一部をわたしたちがいただいている……。それが実感できた出来事だった。

　あれから二十何年。食のグローバル化はさらに加速し、インスタ映えする料理がもてはやされる時代になった。

　わたしは今、東京に住んでいて、和製マリトッツォやブッラータがスーパーで手頃な値段で手に入り、そのコスパ、利便性の恩恵を受けている。ポルチーニだって、お金さえ出せば高級スーパーや百貨店で買えるんだろう。

　しかし、お店に陳列されたこうした食べ物を見て、わたしはかすかに違和感もおぼえるのだ。そして、そんなとき決まって思い出されるのが、あのフリウリの、ジャンナの店なのである。

　地元の鹿肉や鱒料理を、三十年変わらぬメニューで出していたレストラン。たまにはちがう食材を取り入れてみようなどという発想もなく、奇抜な料理で客を引き込もうというあざとさもない。

ジャンナの料理は、彼女を育ててきたフリウリの山の自然に根差し、そこの文化と共にある料理。その場所に調和した、落ち着いた、安心できる料理だった。だから客も三十年、通いつづけていたのだろう。東京から来た、目新しさやトレンドにばかり目が行ってしまう日本人の若い女には、それがわからなかった。

ジャンナの店はまだあるんだろうか。あのころすでに六十才を過ぎていたと思うから、もう引退して、店を畳んでしまったかもしれない。そうじゃなくても、二十年以上の月日が過ぎれば、なにが起きていても不思議ではない。

しかし、もしまだあの店があったら、ジャンナが元気だったら、ぜひもう一度行ってみたい。そして彼女の素朴な料理をもう一度食べてみたい。そして言ってみたい。「塩加減ぐらいは客のいうことを聞いてくれてもよかったんじゃないの?」って……。

ヴェネツィア以前

Prima di Venezia

画像：Unsplash の frank mckenna が撮影した写真

須賀敦子先生の遠いまなざし

没後、長い年月を経て、なお、広く読みつづけられている作家、須賀敦子。戦争のつめあとがまだ残る時代の、フランスやイタリアでの稀有な経験を、深く思索し、醸成させたうつくしい端正な文章は、今も多くの読者をひきつけてやまない。

須賀はまた、上智大学の文学の教授でもあった。英語で授業を行う国際部である市ヶ谷キャンパスで、文学を教えていた。不肖ながら、わたしはその教え子のひとりだ。といっても、不勉強で不出来な学生で、須賀先生と特別なかかわりなどはなかった。が、卒業後、何年もたってから、思いもよらずイタリアに住むことになり、それもあって先生の著作をくりかえし読んだ。先生の歩まれた道、先生の考えられたことを、読書を通してたどることとなった。

先生のご本の愛読者の、また、教え子のひとりとして、須賀先生のご本がなぜ長く、広く、読みつづけられているかについて考えてみたい。

上智大学市ヶ谷キャンパスは、大使館やミッションスクールが多い番町にある、四階建てのこぢんまりした建物だ。主に、帰国子女や外国からの留学生、在日インターナショナルスクールで教育を受けた学生たちが通っていた。なかにはわたしのように、高校時に外国に交換留学しただけの学生もいたが、ほんの少数だ。

須賀先生の講義はゼミ用の小さな教室で行われた。

当時、先生は、五十代後半ぐらいか。親より上の世代だ。表情も、服装も、おだやかで落ち着いていて、品がいい。わかりやすい英語でていねいに教えてくださるが、静かな威厳があった。また、わたしには、先生のまなざしがどこか遠い気がした。わたしたち学生のことを見てはいるが、心はどこか遠いところを見つめている。そんな印象があり、ちょっと近寄りがたかった。

須賀先生のクラスで、西洋文学史、日本文学史、三島由紀夫・川端康成・谷崎潤一郎の比較といった科目を受講したのを記憶している。なかでも西洋文学史の印象が強い。というのは、なじみがなく、むずかしかったからだ。

講義でとりあげられた作品に、ホメーロスの「オデュッセイア」、ダンテの「神曲」などがあった。後者では、詩人ウェルギリウスがダンテを案内し、地獄めぐりをするエピソードなどを先生が講義してくださるのだが、日本の普通の高校の出で、そんなことを習ったことがない自分は、ウェルギリウスが英語ではVirgilになることや、purgatory（煉獄）の存在も知らなかった。だれがどこにいるのかで混乱した、というレベルの、ていたらくだ。

また、中間試験や学期末試験のたび、ペーパーと呼ばれる小論文を書かなければならないのだが、これにも難儀した。先生は常々、日本式感想文はだめだ、とおっしゃっていた。日本の小学校では、思ったことをすなおに書きなさい、と教えるが、「わたしはこう思いました」的なことを書いても意味がない。もっと批判的な視点が必要だ、ということを強調しておられた。まれに先生は、授業のあいまに、ちょっとした個人的なエピソードを話してくださることもあった。

谷崎潤一郎の「細雪」が発表された当時、須賀先生のおばさんたちが夢中になって、奪いあうようにして読んだ、とか。先生は大阪の良家の子女なので、細雪の世界は先生のご家族にとって、自分たちの話のようだったのかもしれない。

また、先生は日伊の文学作品の翻訳でも知られているが、なかでも、日本の文学作品を一九六〇年代にいち早くイタリア語に翻訳し、紹介した、という功績がある。川端康成夫妻に会ったときの印象を、「カワバタは棒のように細いのに、奥さんのほうはふっくらと丸っこかった」と評し、おかしそうにほほえまれたのをよくおぼえている。

そして、あれはなんの講義だったたか。若い学生たちにまじって、修道女の服を着た、年輩の外国人のシスターも受講していた。先生がシスターと、ボンジョルノ、とあいさつをかわすのを聞いて、学生たちは、あれ、フランス語じゃないよね。どこの言葉かな？　なんてささやきあった。当時はだれもイタリア語なんて知らず、見当さえつかなかったのである。

先生が、「ミラノ霧の風景」で女流文学賞、講談社エッセイ賞を受賞されたことを知ったのは、大学を卒業し、社会人になってからだ。須賀先生が本を出されたんだ、との感慨があった。すぐにご本を買って読んだが、当時の自分には、正直、あまり響かなかった。

二十代半ば、就職してようやく自分のお金も得て、この世の春を謳歌していた年ごろだ。時代もバブル期で、世の中の空気も浮かれていた。先生の書かれているミラノは、自分には縁のない場所だったし、昔の話なのであまりピンとこなかった。それより、現実のほうが楽しかった。熱望して入った広告会社の仕事と、恋人とのデートで忙しく、生まれて初めて本に心が向かなかった。

しかし、まもなくして、バブルが弾けた。時を同じくして、自分の人生も暗礁に乗り上げる。のめりこんだ恋愛がうまく行かず、苦しくて自暴自棄になった。まわりにも迷惑をかけ、好きだった仕事まで手放してしまった。なんとか立ち直らねば、と、いろいろやってみるが、なにをやってもうまく行かない。八方塞がり。もう、ダメかもしれない……。そんな時期が何年かつづいた。

自分を見失い、激しい自己嫌悪に陥っているわたしを見かねたのか、年上の女友だちがイタリア旅行に誘ってくれた。たいして興味もなかったが、わらをも掴みたい心境でもある。それで、行ってみたら、未知の国に好奇心を刺激され、少しだけ、生きる意欲を取りもどした。それがわたしの、イタリアとの出会いだ。


その後、ふとした縁で、あらためてイタリアに遊学することになった。たった三ヶ月の予定だったが、新しい目標ができて、少しやる気がもどってきた。イタリア旅行中に関心を持った、ルネサンス美術についての本を買って読んだ。イタリア語の勉強も始めた。そのころ、須賀先生の「ミラノ霧の風景」を思い出し、読み直してみた。

先生がイタリアで暮らした遠い日々のふれあいやできごとを、繊細な感受性と秘めた情熱、抑制された文章でつづってある。数年前に読んだときとちがって、今度はすごく心に響いた。イタリア、という接点ができたこともあったが、この何年かで、どうにもならない挫折や苦しみを経験したことも大きかったかもしれない。

先生はこんな経験をされ、こんなことを考えていらしたのだ……。わたしは、先生のまなざしが遠かった理由が、少しだけわかったような気がした。

イタリアへの渡航が近づいたころ、当時住んでいた祐天寺の駅のホームで、偶然、須賀先生を見かけた。そういえば、このあたりにお住まいだと、昔、聞いたことがあるような。猫背で、肩がちょっと前かがみの、きゃしゃな、小柄なシルエット。遠くからでも、須賀先生だとすぐにわかった。なにを考えておられるのか、心が遠いところを見ているような伏し目がちな横顔も、教わっていたころと変わっていない。

須賀先生！　先生から数メートル離れたところにいたわたしは、なつかしくて、思わず声をかけそうになった。が、できなかった。近づくこともできなかった。

本を読んで知った、先生が歩まれてきた道、先生の気高い精神と真摯な生き方を思うと、わたしもイタリアに行くんです、なんて、とても言えない。自分を見失い、見苦しく停滞してしまっている自分には、合わせる顔がない……。

ふと、先生の作品の一節を思い出した。先生が東京の大学院生時代、ほかの、やはりなにかを専門に研究しているふたりの女ともだちと話し合うとき、「会話はいつも、女が女らしさや人格を犠牲にしないで学問をつづけていくには、あるいは結婚だけを目標にしないで社会で生きていくには、いったいどうすればいいのかということに行きついた」というくだりだ。

先生は、そんなテーマを机上の空論で終わらせることなく、実地で模索された。フランスで、イタリアで、帰国後の日本で、道がない場所に、ひとつひとつ、自分の道をひらいて来られた。

ずっと後の世代の女であるわたしたちが、より広い選択肢を手に入れ、より大きな自由を謳歌できているのは、この、先生のような先輩たちによる恩恵が大きい。なのにわたしは、せっかくの選択肢も、自由も、ちっとも使いこなせていない。

また果てしない自己嫌悪に陥りそうになるのに必死であらがいながら、電車を待っている先生の横顔をじっと見ていた。先生の、なにかを追っているような、遠いまなざし。あれは、なにを見ているのだろう。

ミラノで仲間たちと作ろうとした理想の共同体のことか。今は亡き人となってしまった、最愛のご主人か。夫を亡くしてからの、長い孤独の日々。困難だったにちがいない、日本での再出発。それとも、これから書こうとしている小説のことか。

まもなく電車がホームにすべりこんできた。ドアが開き、ゆったりとした足取りで、先生が乗り込む。その小柄なうしろ姿が見えなくなり、電車が出発してしまっても、先生が立っていた場所を見つづけた。行くところがあったはずなのに、なぜか動けず、でくの坊のようにホームに突っ立って――。

それからしばらくして、わたしは渡伊した。イタリアでの滞在、勉強は、予想をはるかに上回るおもしろさで、三ヶ月の予定だった留学は半年に、気がついたら一年に延びていた。そのあいだに、思いがけぬ出会いがあった。結婚したり、新しい仕事を始めたり、子どもができたり……。結局、十二年もの年月をイタリアで過ごすことになった。

そんなイタリア時代にも、須賀先生のご本は、取り寄せて、何度か読んだ。「コルシア書店の仲間たち」、「ヴェネツィアの宿」、「トリエステの坂道」――。

日本に帰国してからも、折にふれ読みかえしている。一度読んで、もう内容も知っているのに、なぜかときどき、また読みたくなる。先生の本を手にとるのは、わたしの場合、日常の煩雑さに疲れ、ひとり静かに自分と向き合いたいときが多い。

先生の作品は、鎮魂歌だと思う。若くして亡くなったご主人、同じ理想を胸に共同体をつくりあげようとした仲間たち、ヨーロッパに深い憧れを抱いていたご両親や、つつましい出自の夫の家族――。自分がかかわったたいせつな人たちを悼み、彼らの生きた人生にそっと連帯する。その、静かだが強い、愛の歌のなかで、作者の孤独がひときわ胸を打つ。

生きることにまじめな人が書いた本。求道的、といっていい内容の本だ。わたしは好きだが、こんな内省的な本が、あの浮かれたバブルの時代に大きな賞を取ったこと、没後も広く読み継がれていることは、ちょっと意外でもある。

今日、リアルな書店は激減し、出版不況が叫ばれて久しい。数少ない、生き残った書店でも、平積みしてあるのはビジネス本や、ハウツー物がメイン。文芸だって、ベストセラー作家の新作か、口当たりのよさそうな、ライトなものがほとんどだ。日々、そんな現実を見ていると、もうだれもまともな本は読まないのかと思う。

しかし、それはわたしの早とちり、偏見だったようだ。

わたしは図書館が好きでよく行くが、書架の、須賀先生の本の棚は、貸出中で空っぽであることが多い。先生の本は、ひっそりと、今日もどこかのだれかに読まれているようなのである。

それを見て、わかった気がした。

死や別れにより離ればなれになってしまった、たいせつな人たちへの思いや、苦い挫折。そして、そういった思いを抱えて生きることの、孤独。それは、だれもが知っている、だれもがいずれ知ることになる、普遍的な痛みだ。

須賀先生の本は、人々のそんな生きる痛みに、静かに寄り添う。それが、先生の本が今も幅広く読者を惹きつけるゆえんではないか。

だれも声高には言わないが、われわれはみな、魂に効くような物語を求めている。そういうものを読みたいというのは、心の奥底からのニーズだ。須賀先生が訳されたイタリアの詩人、ウンベルト・サバの詩の一節のように、「人生ほど、生きる疲れを癒してくれるものは、ない」のである。

須賀先生をお見かけしたのは、祐天寺の駅のホームが最後だった。そのときは声をかけられず、その後、お目にかかる機会もないまま、先生は亡くなってしまった。先生風にいうと、先生はアスフォデロの野をわたって、向こうに行ってしまわれた。

（注：先生は著書、「ヴェネツィアの宿」のなかで、ご主人の死を「アスフォデロの野をわたっていった」と暗喩されている。これは「オデュッセイア」の一節で、アスフォデロというのは忘却を象徴する草だそうだ）。

悲しいし、残念だけど、先生をうしなった、という感じはしない。なぜなら、亡くなったあともずっと、先生のご本を通して、先生とお話している気がするからだ。

先生のご本を読みながら、「こんなことを考えておられたのですね」とか、「さぞ、おつらかったでしょう」など、心のなかでつぶやいている。また、「いくらなんでも、まじめすぎます」、「先生、ごめんなさい、生まれ変わったらもっとちゃんと勉強します」などなど、先生と対話している気になっている。

大学時代、授業を受けていたころより、著作を通して、より、先生のことを知ったし、先生が近い存在になった気がする。ひとりよがりかもしれないが、本は生死を超えて人と人をつなぐ、と実感している。

本から顔を上げると、須賀先生のなつかしい顔がまぶたの裏に浮かんだ。その遠いまなざしが追っていたものを、先生はきっと、手に入れられたにちがいない。

仕事

Lavoro

ヴェネツィアの教え子

「何が飲みたいですか」

「ホ、ホヒー、ホーヒー、ガ、ノミ……nnnnn」

「えっ？」

「ホ、ホーヒー、ガ、ノミ……タイ、デス」

「？ コーヒー？ コーヒーが飲みたい？」

「ハ、ハイ……」


やっと通じた。うら若き乙女は真っ赤な顔をして、ハア～ッとため息をついた。彼女の名はエレナ。わたしがヴェネツィアの自宅で日本語を教え始めたころ、いち早く来てくれた生徒さんのひとりだ。トスカーナ出身の、ヴェネツィア大学日本語学科の一年生。大学の授業の補習をしてほしいと、週一でうちに通っている。

色白の、やさしい、繊細な目鼻立ち。赤みがかった金色の、やや縮れた豊かな長い髪。ふっくらとしたからだつき。この、ルネッサンス絵画から抜け出してきたような乙女は、日本語という未知の怪物と、毎回、大汗かいて格闘していた。特に音読に手こずっている。外国語の音読がぎこちないのは、初級ならだれでもそうだ。が、エレナの場合、それに強いトスカーナ訛りが加わるため、余計わかりづらい日本語になってしまう。

トスカーナの人は「か行」が発音できず、「カキクケコ」が「ハヒフヘホ」になる。「コカコーラ」は「ホハホーラ」のように発音される。それは欠点ではなく、特徴なのだが、日本語でそれをやられると摩訶不思議な音の羅列になり、さすがに通じない。

トスカーナ方言はしかし、田舎の言葉などではない。ダンテが「神曲」をトスカーナ方言で書いたことからイタリア語の基盤とされている、日本でいえば京都弁のような、由緒正しい言葉だ。また、フィレンツェを都とするトスカーナ地方は、言わずもがな、ルネサンス発祥の地である。トスカーナの人たちは、訛りも含め、自分たちの文化をとても誇りにしている。

エレナがそんなことを意識しているとは思えないが、トスカーナ訛りは彼女の思考にまで深く根ざしているのか、日本語という異物の流入を固く拒んでいるようなところがあった。エレナが、あー、うーと苦しげに唸りながら日本語を読むのを聞いていると、まるで悪魔と戦っているようなのだ。

では、トスカーナ出身の生徒がみんなそうかというと、そんなことはない。「か行」の発音が最初多少あやしくても、比較的すんなり日本語モードに入っていく。なぜエレナはあんなに苦しそうなのか。そもそも、なぜ日本語を学ぼうと思ったんだったっけ……。

思い出そうとしたが、思い出せない。エレナは初回から大学の宿題を片付けるのに焦っていて、世間話をする間もなかった。十九歳で、フィレンツェ近郊の小さな町の出身、ぐらいしか聞いていない。内気で、無口で、すぐあがって赤くなるので、こちらも遠慮してあまり聞けなかった。それに、日本語は苦行とばかりに、レッスンが終わるとそそくさと帰ってしまう。しかし、そろそろちゃんと聞いてみたほうがよさそうだ。

エレナさん、どうして日本語を勉強しようと思ったのですか？

エレナはまるで、不意をつかれた、とばかりに、大きな茶色い目をぱちくりさせた。そして、ちょっと間を置いてから、

「うちはトスカーナの食材を販売する会社をやってるんです……」と重い口を開いた。

「近い将来、日本にも輸出したいから、日本語を勉強しなさいと母が……」

そうなのか。おかあさんの発案だったのか。

「でも、あなたはどうなの？　あなたは日本に興味があったの？」

「わたし？　あ、ええっと……母の望みですから……。やります……」

首をかしげ、しどろもどろに答えながら、エレナはまだ目をぱちくりさせている。自分で自分の言っていることに戸惑っているようだ。でも、まだ十九歳。自分のやりたいことがわからず、おかあさんに言われたとおりやっていてもおかしくない。

わたしが黙ってうなずいていると、沈黙が気まずくなったのか、ちょっと目を伏せ、

「うちは両親が離婚していて……母がひとりで会社を回しています。で、わたしと弟を育ててくれてます。母は、これからは日本だ、日本向けに売っていかなきゃって。あなたがヴェネツィアに行って日本語を勉強して来なさいって……」

なるほど……。

フィレンツェに日本人観光客が押し寄せ、プラダやグッチを大量に買っていた時代だ。エレナのおかあさんが、日本に商機あり、と考えたのももっともである。

一九九〇年代後半、イタリアの通貨はまだユーロではなく、リラで、イタリア人にとって日本は恐ろしいほど物価の高い、遠い国だった。簡単に行ける国ではなかった。インターネットもまだ進んでおらず、情報を得るのは容易ではなかった。日本語がわかれば道が開ける。エレナのおかあさんはそう考えたのだろう。そしてエレナはすなおに母に従い、一生懸命日

本語を勉強している。

エレナのけなげさ、おかあさんへの愛にほろっとさせられたが、心配にもなった。大丈夫だろうか。つづくだろうか。

そのころ教えていた人たちは、年齢、日本語を学ぶ動機はさまざまでも、自分がやりたいと思って始めたという点は共通していた。

高校生のジョヴァンナはマンガが好きで、日本語でマンガを読みたくてレッスンに来ていた。ヴェネツィアのガラス屋さんの若い店員たち三人組は、日本人のお客さんを獲得し、売り上げを上げるのが目的だった。ブラーノ島から通っているフェデリーカは、誕生日におとうさんから贈られた「源氏物語」に魅せられた。

詩人のパオロは言葉そのものに興味があった。秘書をやっているラウラは、バカなのに偉そぶる上司にうんざりしていて、日本語という、普通の人が知らないような言葉を学ぶことで、ひそかに上司を見下していた。

動機は千差万別でも、みんな多かれ少なかれ、自分がやりたくてやっている。エレナのように、自分はさておき、おかあさんのためにやるという人ははじめてだった。

エレナが苦労しているのを見て、こちらも頭を抱えた。自分の教え方が下手だから、経験が浅くて知識が足りないからと、落ち込んだ。

イタリア人に日本語を教えるにあたって、日本語教授法を受講してひと通り学びはしたが、大学で専門的な勉強を経てきたわけではない。ヴェネツィアで始めたもうひとつの仕事、ライター業もそうだが、ひとりで試行錯誤しながらやっているので、これでいいのかという不安は常にあった。

イタリア語で日本語の文法を説明するため、ヴェネツィア大学で使っているという教科書、「grammatica giapponese」を手に入れ、暗記するほど読んで頭にたたき込んだ。が、実際に教え始めると、それぐらいでは全然追いつかない。

イタリア人の生徒たちは、日本人には想像もつかないような質問を次々としてくる。また、エレナのように、内気で質問はしないが、何度説明しても腑に落ちない顔をしていたり、音読のぎこちなさが改善されないといった生徒もいる。何が問題で、どこが引っかかっているのか。

最初に揃えた資料だけではわからず、日本に帰国した際、大型書店に一日こもり、外国人に日本語を教えるための参考書を山ほど買って持ち帰った。先輩たちの知恵のつまったそれらの本には大いに助けられたが、わからないこと、知りたいことは、また次々と出てくる。書店にこもって参考書を探すことは、その後、年に一度の帰国時の行事となった。

閑話休題。エレナに話を戻すと、わたしが問題点を調べ、工夫してみても、なかなか改善が見られなかった。相変わらず、苦しそうだ。わたしも疲れ、エレナは日本語に向いていないんじゃないか――そんなふうに感じたりもした。何にでも、向き不向き、相性というものがある。合わないものと格闘するのは苦行以外の何物でもない。

しかし、エレナは七転八倒しながらもやめようとせず、がんばりつづける。せめて少しでもおもしろいと思ってもらえるといいのだが……。あれこれ考え、試してみるが、力不足でなかなかそうならない。

エレナを戸惑わせたのに、動詞の「て形」というのがある。「花子は買い物に行って、りんごを買った」と、順番に起こる動作を示したり、「今、本を読んでいる」と現在進行中の動作を作ったり、「雨が降っていた」と過去に進行していた動作を表したりもする。

一方、イタリア語では、動詞のかたちは一人称、二人称、三人称、単数・複数、各時制でひとつずつきっかり決まっていて、「て形」を借りて時を表すという作りではない。

しかも「て形」はほかにもいくつもの表現を作る。「晩御飯を作っておく」の「〜ておく」は、先のことを考えて準備。「ひとくちだけ食べてみる」の「〜てみる」は、試すという意味を加える。

このように、「て形」ひとつとってみても、日本語はイタリア語とはまったく異なる構造で時制や意味を表すのだが、わたしの教え方が下手だったからか、エレナはなんか腑に落ちないという顔で、練習問題もよくまちがえる。

そんなエレナが、ようやくわかった、という顔になったのが、行為の授受表現、「〜てあげる、〜てくれる、〜てやる」のときだった。

「子どもの宿題を見てやる」、「彼氏にセーターを編んであげる」、「話を聞いてくれる」など例文を使い、「イタリア語では、fare a qualcuno il piacere di〜（親切に人に〜をする）ってこと。日本語では「て形」を使って動詞で表現しているけど、イタリア語ではper te（あなたのために）、per lui（彼のために）といった副詞節で表現されるようなニュアンスだよ」と説明したら、反応の少ないエレナにしてはめずらしく、はっという顔をした。そして、何度かうなずくと、わたしを見てほほえんだ。それまでずっと重苦しい雰囲気だったレッスンに、ようやく明るい兆しが見えた日だった。

とはいえ、それでエレナが突然、日本語がうまくなったわけではない。日本語との格闘はあいかわらずつづいていた。ただ、彼女の表情が、前より少しだけやわらかくなったような気がする。自分の敵がどういうヤツか、ちょっとかいま見えたからだろうか。

そんなエレナをずっと教えていきたいと思っていた。けれども、ある日、それができなくなった。ヴェネツィア大学の代用教員採用試験に合格し、大学で教えることになった。それで、大学生に個人レッスンをすることができなくなったのだ。

エレナのことは気がかりだが、大学というイタリアの組織に属し、日本語の専門家がそろった環境で働けることは、わたしにとってはステップアップである。新たな学びと成長の、またとない機会である。

申し訳ないなと思いながら、エレナに伝えると、最初は心細そうな顔を見せた。が、すぐに笑顔をつくり、わたしの新たな門出を祝ってくれた。内気だった少女、ろくに物も言えなかった少女が、いつのまにか成長していた。

最後のレッスンを終え、帰るとき、エレナと肩を抱き合った。同じ大学にいるんだから、わからないことがあればいつでも聞きに来てね。そう言って別れたのだが、ことはわたしが想像していたほど単純ではなかった。

ヴェネツィア大学の日本語学科はマンモス学科だった。教室は大きな講堂で、二百人もの生徒が集まっている。自宅のリビングで個人授業をしたり、語学学校で十人程を相手に教えていたのとはスケールがちがう。マイクがないと声が届かないし、黒板では見えづらいからスライドも必要だ。

　初めて教壇に立ったときは、足がふるえた。学生たちの目がわたしの一挙手一投足に注目している。それもそのはず、彼らはこの秋に大学に入ったばかりの新一年生で、lettore と呼ばれる語学教師であるわたしは、彼らがはじめて出会う日本人なのである。こうして初日、わたしは講堂にあふれかえった新入生たちの、好奇心まるだしの目にさらされた。

　こんなにたくさん生徒がいては、とても今までのように、ひとりひとりに寄り添うようには教えられない。限られた時間で効率よく教えるためには、文法やニュアンスの説明を、イタリア語で的確に伝えることも重要だ。新たな環境にフィットした授業をするために、勉強したり、工夫したり、教材を作ったり――エレナのことを思い出す間もないぐらい、忙しくなってしまった。

　また、物理的な問題もあった。教室は授業ごとに変わるから、休み時間のあいだに移動しなければならない。それも、必ずしも同じ建物内ではないので、別の地区にある別の教室まで走ることもしばしばだ。それは生徒にとっても同じだから、受け持ちの授業の生徒でない限り、なかなか顔を合わせる機会はない。わたしの受け持ちは新入生、エレナは上級生だから、教室もちがうし、偶然会うことはなかった。

　しかし、そんなあわただしい日々のなかでも、エレナのことを忘れていたわけではない。ときどき思い出しては、日本語の勉強は進んでいるだろうか、と気になっていた。

大学では筆記試験のほか、口頭試験もある。大勢の生徒を採点する立場に立ってみて、口頭試験の評価のむずかしさを知った。日本語で会話する力を問われるわけだが、みんなが見ている前で答えるので、内気な人、緊張しやすい人は実力が発揮できないことも多い。エレナは大丈夫だろうか……。内気なエレナの、トスカーナ訛りの、ぎこちない日本語を思い出す。あがらないで、落ち着いてやれればいいのだが。

エレナが口頭試験を受ける姿を想像して、やきもきした。上級生を受け持っている先生に、エレナがどうしているか聞いてみたいと思ったが、誰が誰を教えているかもわからない。自分も自分のことで精一杯で、そんな余裕もないまま、日々が過ぎていった。

次の年は、上級生も担当するようになった。二百人を相手に、「あ、い、う、え、お!」と叫ぶような力仕事はなくなったが、その分、複雑になってくる文や語彙を教えるのに頭を使う。生徒たちの数も、いつのまにか半分に減っている。はじめは熱烈に日本語を学びたいと思っていても、いざやってみると、合わなかったり、ついていけなかったり、ほかにやりたいことを見つけたりして、離れていく子も多い。好きだからつづく、というわけでもないのだ。

エレナはどうしているだろう。連絡もないけど、つづいているのだろうか。それとも、おかあさんの言うなりにするのがバカバカしくなって、やめちゃっただろうか。学生数が半分に減った教室で、ふと、彼女のことを思った。

それから何年か経った。わたしはヴェネツィア大学で一般向け公開講座を受け持つのに加え、ボローニャ大学で新たに開設された日本語学科で教えるため、週二回、ボローニャまで電車で通っていた。

そのころには、ヴェネツィアで、ボローニャで、日本語について、留学や進路について生徒から相談されることも多くなり、エレナのことはすっかり忘れてしまっていた。

そんなある日、エレナから手紙が届いた。差出人の住所はフィレンツェ近郊の町になっている。エレナはトスカーナに帰ったのか？

宛名書きの、見慣れた丸っこい字に、レッスンをしていた日々の思い出がなつかしくよみがえる。封を切るのももどかしく、乱暴に破って開けると、手紙には、ヴェネツィア大学を卒業しました、とあった。そうなんだ。エレナはやったんだ。やり通したんだ……。

いつも大汗かいて、色白の頬を真っ赤に染めて、日本語と格闘していたエレナ。トスカーナ訛りが抜けず、コーヒーをホヒーと言っていたエレナ。がんばっても、がんばっても、苦闘は終わらず、日本語は向いていないんじゃないかと思われた。だけど、つたない教師の心配など乗り越え、やり遂げた。りっぱに初志貫徹して、卒業証書を手に入れた。エレナの快挙に、思わず目頭が熱くなった。向き不向きなんて関係ないのだ。やるか、やらないか、それだけなのだ……。

急いで机の引き出しをかき回し、エレナの電話番号を書いた紙を見つけると、電話した。

「おめでとう！」

「ありがとうございます……」

あのなつかしいトスカーナ訛りが、受話器の向こうに聞こえる。

「おかあさんはさぞ喜んでいらっしゃるでしょう？」

「ええ、とても……」

相変わらず無口なエレナと、会話はそれ以上発展せず、おめでとう、ありがとうございます、を何度かくり返し、通話は終わった。その後はなんとなく疎遠になってしまい、あの、ルネッサンス絵画の聖母のような顔を再び見ることはなかった。

エレナはその後、どうしたのだろう。おかあさんの望みであった、日本にトスカーナの食材を輸出するというビジネスに着手したのだろうか。がんばり屋さんの彼女のことだから、一歩ずつでも着実に実家の商売を広げ、おかあさんを喜ばせたかもしれない。

あるいは、大学を卒業した時点で、おかあさんへの義理は果たしたと思ったか。日本語なんてもうこりごり。これからは自分の好きなことをやるのだと、日本語とは縁のない生活に進んだかもしれない。どっちもあり得る。人生も、自分も、おどろきの玉手箱。なにが飛び出してくるかなんてわからない。

ホヒー、ガ、ノミ、タイ、デス……。

顔を真っ赤にして、目をパチパチさせて、日本語という異界の言葉と必死で取り組んでいたエレナ。人一倍努力し、苦手なことを克服していったエレナ。そのひたむきさには、なにかこちらの頭が下がるような、神聖なものがあった。

エレナには日本語を教えたが、より多く教わったのは、たぶん、わたしのほうだ。

ボローニャ大学へ電車通勤

もう二十年近くも前になる。ボローニャ大学でも日本語を教えることになり、週二で電車通勤が始まった。

朝六時、ヴェネツィア・サンタルチア駅からボローニャ行き始発に乗る。ヴェネツィアからボローニャまで、当時、インターレジョナーレと呼ばれていた準急電車で約二時間だ。ヴェネツィア・サンタルチア駅は、ヴェネツィアの潟のなかにある。ヴェネツィアに住んでいる人がそもそも少ないうえ、本土側まで電車通勤する人はごく少数。しかも始発だから、次のメストレ駅まではたいてい車両にひとりきりだ。

電車は潟を出て海の上を走る。冬はまだ真っ暗だが、春や夏は朝日に輝く海が見える。車窓から景色を眺めているうち、十分ほどで、本土側のメストレ駅に着く。

メストレは戦後に発展したヴェネツィア郊外の町で、ここからは仕事に出かける人なども乗ってくる。が、朝早いので、それでもまだ数えるほど。気兼ねなくノートや本を広げ、授業の準備ができていいのだが、ときどき、思わぬ珍客と居合わせることがあった。

「ここ、すわってもいいですか？」

ほかにいくらでも席があるのに、わざわざ近くにやってきた男。通路をはさんだ並びの席にすわったと思うと、やたら咳をしてみたり、なんだかそわそわしている。不審に思い、目を向けると、露出狂だった。急ぎ荷物をまとめ、別の車両に移動する。

また、アフリカ系の女性グループ四、五人ともよくいっしょになった。ディスコからの朝帰り、みたいな服装、雰囲気、疲労感だ。

どういう人たちなんだろう？ふしぎに思っていたら、「ああ、それはナイジェリアのその筋のお姐さんたちだよ。夜のお仕事を終えて帰るんだ」と友人が教えてくれた。なるほど、こちらはこれから出勤、あちらは退勤というわけか。そのうち、チャオとあいさつを交わすようになった。

そんなある日、電車に揺られ、つい、うたた寝をしてしまったのが、ガサッという音で目が覚めた。となりの席に置いていたバッグから中身が滑り落ち、床に散らばっている。

電気の延長コード。形のちがう電気プラグがいくつか。懐中電灯。チョーク。スイスアーミーナイフ。のり。ＣＤ。ポータブルＣＤプレイヤー。下手な手書きのイラストが描かれた何枚ものスライド――。

近くの席にすわっていたナイジェリアのおねえさんたちが、散らばった物をうさん臭そうに眺めている。あわてて拾い集めていると、訊かれた。

「あんた、なにしてる人?」

「えっ? ええっと、なにって、教師だけど……」

「教師~? ふうん……」

おねえさんたちは腑に落ちないという面持ちだ。こんな朝早くから変な七つ道具を持ってヴェネツィアから乗ってくる。泥棒かなにかと疑われたかもしれない。でも、こんなもの、わたしも好きで持ち運んでいるわけではない。

ボローニャ大学で使う教室はクラスごとに変わり、どの教室も備品がそろっていない。黒板はあってもチョークがなかったり、ホワイトボードがあっても、書くペンはなかったり。CDで会話を聞かせたいのに、電源のプラグの形がCDプレーヤーのそれと合わなかったり(イタリアにはプラグの形は三種類ぐらいある)。電源が教室のうしろにあって、延長コードがないと使えなかったり――。

大学側に言ったところで、どうにもならないことはわかっている。しかたなく、自前の七つ道具をヴェネツィアの自宅から持ち運んでいるわけだ。

懐中電灯は何に使うかというと、こちらは一泊する民泊の宿用。イタリアでは建物内の廊下や階段の照明は、スイッチを押してから二十秒ぐらいで自動的に切れる。それまでに目的の場所にたどり着けない場合は、再度、スイッチを押さなければならない。が、そのスイッチがどこにあるかわからなかったり、壊れていたりすることがままある。前に一度、電気が切れて、真っ暗な建物のなかに閉じ込められたことがあり、以来、自衛のために懐中電灯を持参している。

そんな事情を、ナイジェリアのおねえさんたちは知る由もない。変な荷物を持った、始発電車に乗っている東洋人。教師とか言っているが、どうだか。

関わり合いにならないほうがいいと思ったのか、それ以上深くたずねられることはなかった。

ナイジェリアのおねえさんたちは、パドヴァの次の、テルメ・エウガネエだったか、モンセリチェだったか、急行の止まらない小さな駅で降りていった。窓の外には朝靄の立つパダーナ平野が広がっており、畑には霜が立っている。こんなところに住んでいるんだ……。なんだかふしぎな感じだ。

電車がロヴィーゴを過ぎるころには、通勤や通学の乗客たちが増えてくる。しかし、普段はおしゃべりなイタリア人たちも、朝はさすがに眠いのか、口を開く人はいない。車内は静かだ。

それがフェッラーラに着くと、一気にたくさん乗ってきて、車内はほぼ満席になる。ここからボローニャまでは約半時間。日がだんだん高くなり、さっきまで寝ていた乗客も目を覚まし、上着を着たり、カバンを肩にかけたりして降りる準備を始めている。

電車がボローニャ駅に着くと、みんないっせいに席を立つ。イタリア人のこのメリハリ、というか、反射神経の良さにはかなわない。こちらがもたもたしているあいだに、あっという間にホームに降りる。出口へとつづく構内の通路を、まるで蜘蛛の子を散らしたみたいに、東西南北へ散り散りバラバラに飛んでいく――その様子は、大きな宇宙のなかで、無数の流れ星が行き交っているようだ。

しかし、そんな悠長なことを考えている場合ではない。ちんたらしていると、前後左右からやって来る人とぶつかってしまう。大きなバッグを抱え、自分も出口へと一生懸命歩いた。

ボローニャはイタリアの交通の要衝であり、大学もあって若者の多い、活気のある町だ。ヴェネツィアとはちがい、車やバイクがびゅんびゅん通る。まあ、普通なのだけど、長らくヴェネツィアの水上暮らしに慣れた目には、それがとても新鮮に映った。

教室はザンボーニ通りのボローニャ大学本館と、そこから少し離れた場所にある、どこかの高校を借用した場所の、二か所に分かれている。

ボローニャ大学で初めて開講される日本語の授業ということもあって、学生たちは熱心だ。椅子が足りなくて、床にすわる生徒もいる。ただ、遅刻が多いのには閉口した。

わたしは遅刻にはきびしかった。ヴェネツィア大学では学生に、今度遅れてきたら教室に入れませんよ、などと言っていた。が、自分も電車通勤をしてみて、遅刻が不可抗力であることがわかった。

イタリアの電車は遅れる。やれ故障、やれ悪天候、やれストライキと、ひどい時には突然運休になってしまうこともある。特にローカル線の鈍行によく起こる。

ボローニャに住んでいる生徒はいいが、近郊の町から、あるいはわたしのようにかなり遠い町から電車で通う学生は、ちゃんと時間通りに家を出ても、電車の遅延で遅れてしまうことがある。それはもう、どうすることもできない。

ちょうどそのころ、日本で福知山線の事故が起こった。運転手がほんの一分何秒かの遅延を取り戻そうとして大惨事になったことが、イタリアでも大きく報じられ、授業中に話題になった。

たった一分かそこらの遅れのために、そんな必死になるなんて。イタリアでは何時間も遅れることもざらなのに……。

学生たちは信じられないといった顔で、級友たちと顔を見合わせている。

たいていのことがしかるべく機能する日本とちがって、イタリアでは、しかるべく行かないのが普通だ。電車は遅れるし、教室に備品はないし、椅子の数は足りない。学務室は常に混み合っており、各種手続きは滞る。

わたしの非常勤講師としての契約も、授業が始まっても滞ったまま、何ヶ月も支払いが遅れていた。中国語の先生と話したら、彼女もそうで、来月支払われなかったら飢える、と、目の色を変えていた。

一日の授業を終え、帰りの電車に乗るのは夕方六時ごろ。構内はラッシュアワーで激混みで、売店にも大勢の人が並んでいる。なんとか水と食べ物をゲットし、電車のホームに向かうと、そこがまた大混雑。ちゃんと列を作って並んでくれるといいのだが、そうではないから、横入りされないよう、気を張ってなければならない。

そんなある夕方、やっと見つけた空席に早くすわりたいのに、となりの席で女性が立ったまま腰をかがめ、目を凝らして座席を調べている。どうしたんですか？　とたずねると、

「麻薬の針が落ちてないか、調べているのよ」

そういえばちょっと前に、電車の座席に麻薬注射の使用後の針が落ちていて、それとは知らずにすわった乗客に刺さり、肝炎だかなにかに感染したという事件があった。わたしも怖くなって、いっしょになって座席をチェックした。やっと一日の仕事を終えた後、疲れたからだで、まだこんなことまでしなければならないのか。うんざりしたが、身を守るためにはしかたない。

大雪が降り、帰りの電車が長時間、止まってしまったこともある。

その日、雪がちらつくなか、ボローニャ駅に駆けつけると、ちょうど電車が出るところだった。喉が渇いていて水を買いたかったが、車内で買えるだろうと、そのまま電車に飛び乗った。ところがその日に限って、車内販売が通らない。

外を見ると、いつのまにか雪の降り方が激しくなっている。いやな予感がしたが、ヴェネツィアに着くまであと少しの辛抱、そう自分に言い聞かせ、我慢していた。しかし、雪はひどくなるばかりで、窓の外はもう真っ白。そしてとうとう、パドヴァの手前あたりで電車が止まってしまった。

駅の売店で水を買っておかなかったことが悔やまれた。三十分、一時間、二時間たっても電車は動かず、喉の渇きが抑えられなくなってくる。車窓から見える、暗い平野に降り積もった白い雪を見て思った。あの雪を溶かして飲めないものか……。

こうなると通勤も命がけ。ヴェネツィア大学で教えている先輩講師たちも、ミラノやベルガモ、レッジョエミリアといった遠くの町からヴェネツィアまで通ってきておられたが、その大変さを、自分も身をもって知った。しかも、こんなに苦労して電車通勤しても、交通費は自腹……。

それでもまぁ、若かったせいか、つらいとは思わなかった。日本語を教えるのは好きだし、今は非常勤だけど、いつかは常勤になれるかもしれないという期待もあった。

また、ヴェネツィアから時々出られるのも悪くない。狭いヴェネツィアではどこに行っても知り合いに会い、逃げも隠れもできないが、遠く離れたボローニャでは誰も自分を知らない。そういう意味で、ちょっとした息抜きにもなった。

そしてなにより、生徒たちがかわいかった。彼らはイタリアでは数少ない、日本に興味を持ってくれる人たち。日本について知りたいという強い意欲を持って、こちらの言うことに熱心に聞き耳を立てている――そんな子たちだから、プレッシャーもあったが、やりがいがあった。

しかし、ボローニャでの一年の後、あわただしく帰国の日が決まる。

唐突な別れに動揺し、この先もがんばって日本語の勉強をつづけてね……。そんなお定まりの言葉しかかけられなかった。

その後、一、二年してから人づてに、ボローニャの生徒が何人か、日本に留学してきたことを知った。マルコ、オフィーリア、ジュリア。ボローニャ大学の、備品も椅子も足りない教室で、熱心に勉強していた彼らの姿を思い出す。慣れない日本の暮らしで困っていないだろうか。ちゃんとやれているだろうか。

できれば会って、話を聞いてあげたかった。よくやったね、がんばったねと、ほめてあげたかった。が、あいにく、当時のわたしにそんな余裕は皆無だった。幼い子どもを抱えて深夜まで働き、息をしているだけで精一杯。頭の片隅で彼らのことが気になってはいたが、日本での生活再建に必死で、結局、声をかけてあげることはできなかった。

その後、何年も経ってから、風のうわさで、マルコは日本で結婚、その後離婚してイタリアに帰ったと聞いた。ジュリアはわからない。オフィーリアは日本で仕事を見つけ、がんばって働いているそうだ。

ボローニャにいたころは、彼らと授業で毎週会っていて、そんな日常がこの先もずっとつづく――そう思っていた。が、変化は突然、あるいは徐々におとずれる。道が分かれ、それぞれが自分の道を歩むうち、共有していた時間はまたたく間に過去のものになった。気がつけば、もう声もかけられないぐらいの距離ができてしまっている。

ボローニャ駅での通勤の光景を思い出す。電車が駅に着き、広い構内を北へ、南へ、無数の乗客たちが流れ星のように行き交うさまを――。

わたしと彼らも、人生という構内で、一瞬、すれちがった。

でも、忘れたわけではない。彼らの、あのころの輝き。ボローニャの教室で、一心に日本語を学んでいた姿は、今もわたしのなかで光を放ちつづけている。

遠い日の友、記者証

期限の切れた記者証がある。イタリアでフリーのライターとして働いていたころに使っていた、イタリア国の記者証だ。もう使い道もないが、だいじな思い出として、引き出しの奥にしまってある。

先日、探しものをしていて、久々に目にふれた。銀行のカードぐらいの大きさの、茶色いハードカバーのついた、ふたつ折りの証明書だ。表紙には「国立記者協会　証明書」と金色の文字が入っていて、内側には外国人プレスとして自分の名前が記され、証明写真が貼ってある。写真のなかで、ショートカットの若い女がほほえんでいる。

この記者証を手に入れるまで、それなりの時間がかかった。

ヴェネツィアに嫁に行ったはいいが、仕事がない。レンタルビデオ屋など、日本なら学生がアルバイトでやるような仕事でさえ奪い合いだ。

そんな状況で、選り好みしている場合じゃないのに、夫の父が紹介してくれた大手旅行代理店の仕事を、向かなくて、すぐやめてしまった。ヴェネツィアでちゃんとした会社の正社員になれるというのは、そうそうない、幸運なことだったらしいのに……。

そんな好機会を蹴った自分には、もう退路がなかった。自分で仕事を作るしかない。しばらく考えて、ライターの仕事ならできるかな？　と、ふと思いついた。日本でコピーライターをしていたから、書くことになじみはあったのだ。

とはいえ、どこから始めていいかわからない。出版業界に知り合いもいない。

とりあえず、あちこちの雑誌の編集部に売り込みの手紙を書くことから始めた。こんな原始的な方法に効き目があるのか、半信半疑だったが、住んでいるヴェネツィアという町の魅力のおかげで、ぽつぽつと仕事が入るようになった。

最初の記事は航空会社の機内誌だった。初めて自分の名前の入った記事が出たときはうれしかった。広告の世界では、コピーライターの名前が出ることはない。ただ、ギャラは十分の一だった。クライアントがいる世界と、そうじゃない世界。似て非なる世界なのだ。

見よう見まねでやっていたが、コツがつかめると楽しくなってきた。旅や文化、トレンドや社会事情、イタリア生活に関するコラムなどを書いた。媒体も、機内誌、ＰＲ誌を中心に、ファッション雑誌や総合ニュース雑誌など、徐々に増えていった。ラジオリポーターも二、三度、やらせてもらった。

常にネタを探していた。おもしろいネタでないと、記事を採用してもらえない。なんとなく日々を送っていたのが、身のまわりのことにアンテナを立てるようになった。これ、ネタにならないかな、このできごとはどんな意味を持つのかな、など、以前より注意してものごとを見る。それはプライベートにも変化をもたらし、嫌なことがあっても、ちょっと距離を置いて見られるようになった。

そのうち、仕事によっては、記者証がないと取材させてもらえないことを知った。大型美術展の報道関係者内覧会などだ。○○新聞、××テレビといった所属がないなら、フリーなら記者証を見せて、と言われた。まあ、よく考えると当然だ。我流でやってきたので、そんなことも知らなかった。

記者証がないと入れてあげない、といわれると、俄然それが欲しくなった。それを手に入れることが新たな目標となった。毎月、自分の記事を掲載してもらえるようがんばり、一年後、審査に通った。

あれは夏だった。イタリア記者協会のロゴが入った封筒が届き、ドキドキしながら開けると、真新しい記者証が入っていた。

飛び上がってよろこんでいると、居合わせた夫と義父が、なにごとかと、目をまるくしている。記者証を見せると、ふたりして、どれどれ、と見入った。そして、感心した様子で顔を見合わせた。

それまで、彼らは、わたしが長い時間机にしがみつき、なにをやっているのかふしぎに思っていたと思う。いや、正確にいうと、細々と記事など書いているのは知っていたが、趣味程度のことととらえていただろう。それが、イタリア国が発行した記者証を見て、少し見方が変わったようだ。

夫は「うちの小さな記者さん」とわたしをからかった。義父は「意思さえあればなんでもできるもんだね。おめでとう」とほほえんだ。


記者証を手に入れて、わたしはようやくイタリアで、自分にも、まわりにも、自分が何者か示すことができた。それは、わたしにとっては大きなことだった。それまで、○○さんちのお嫁さん、としか認識されず、やっぱりちょっとさびしかったのだ。

七年間、それを使って仕事をした。書く仕事もあれば、取材の通訳、コーディネーションといった仕事もあった。専業でやっている人から見れば、バイトに毛が生えた程度のことにしか見えないかもしれないが、移り住んだ国で、自分の仕事、といえる仕事が持てるようになったのは、自分にとってはこのうえなくうれしいことだった。

ふたりのカメラマンとよくいっしょに仕事をした。アンドレアとマーク。

アンドレアは通信社の仕事が主なカメラマンで、映画祭の仕事はいつも彼といっしょだった。マークとは旅や食、文化・アート系の取材をやった。彼は半分イギリス人で、貴族の血を引いていた。そんなことから、ヴェネツィアの上流社会をよく知っていて、わたしが知らなかった世界をかいま見せてくれた。


ヴェネツィア映画祭では、日本から来訪しているジャーナリストの通訳やコーディネーションの仕事をした。

映画祭が開かれるのは、毎年八月末から九月初旬にかけて。会場となるリド島に、ハリウッドのスターをはじめ、俳優、映画監督、プロデューサー、配給会社、パブリシストといった関係者が大勢おとずれる。

スター俳優や大物監督に取材するジャーナリストたちは、彼らがリラックスして話せるよう、細かく神経を配りながら質問している。相手が噛み殺したあくび、なんてものも見逃さない。なるほど、プロはこうして仕事するんだ――わたしは通訳をしながら、先輩たちの一挙手一投足に目をこらした。

そんな映画祭の仕事は、神経を使うし、大変だが、スターたちの素顔がちょこっとのぞける、という役得があった。

北野武は初めてのヴェネツィア映画祭で、「HANA-BI」で、のっけから金獅子賞をかっさらった。才能はもちろんだが、運の強さもすごい。その夜はリド島の中華料理屋さんで、日本人関係者らが監督をかこみ、お祝いとなった。末席から観察しただけだが、毒舌でも、あふれ出る愛嬌。なるほど、人気の理由がよくわかった気がした。

ある年はカトリーヌ・ドヌーブが映画祭の審査委員長だった。ドヌーブが記者会見場にあらわれると、会場が一気にしーんとなった。あたりを払う威厳だ。ある記者が賞の選考に関し、不公平ではないか、と質問すると、ドヌーブはまばたきもせず、「人生って不公平なものでしょう？」と答えた。良し悪しは別として、ドヌーブが言うと説得力があった。

トム・クルーズとニコール・キッドマンは、夫婦いっしょの主演作、「アイズ・ワイドショット」のノミネートでヴェネツィアに来ていた。ハリウッドの大物花形カップルの来訪で、ヴェネツィア中、大さわぎだ。このあと、ふたりは別れてしまうのだが、当時はまだ仲むつまじい雰囲気だった。

ジョン・マルコビッチは一見、気むずかしそうだが、意外に気さくで、取材の通訳が終わると親指を立て、唇の端でほほえんでくれた。

そして、学生のころから大ファンだった、ベルナルド・ベルトルッチ監督。通訳の仕事が舞い込んだときは、幸運が信じられず、頬をつねったぐらいだ。ひとことも聞きもらすまいと緊張してのぞんだが、さすが国際的巨匠、イタリア語ではなく、流暢な英語で話しはじめたので、こちらの出番はそんなになかった。それでも全身を耳にして話を聞き、ノートを取った。

ベルトルッチの、その大きい、あたたかい存在感と、話しているときの、そこだけはイタリア人らしい、あざやかな手ぶりをよくおぼえている。そして、話がとてもわかりやすかった。ワールドワイドに仕事をするから、だれにでもわかるように話す術に長けているのかもしれない。

映画祭のあいだは、あっちの会場からこっちの会場、関係者の宿泊先ホテルなど、リド島を駆けまわることになる。ある夜、歩いて移動中に、履いていたサンダルのひもが切れてしまった。まもなく次の取材が始まるのに、どうしよう?

とっさに近くのホテルに飛び込んだ。フロントでガムテープを借り、サンダルの底と足の甲をテープでぐるぐる巻きにしてくっつけ、取材場所に走った。そんなこともあった。

一方、自分で企画からかかわり、執筆した記事で、強く印象に残っているのは、映画「グランブルー」の主人公のライバル、エンツォのモデルとなった、エンツォ・マヨルカへのインタビューだ。

「グランブルー」は一九八八年、リュック・ベッソン監督作品。フリーダイビングの世界で頂点をめざして競い合ったふたりの伝説的ダイバー、フランス人のジャック・マイヨールと、イタリア人のエンツォ・マヨルカから着想した、競技と友情、恋の話で、映画は世界的成功をおさめた。

にもかかわらず、イタリアでは、長らく上映禁止だったことをご存知だろうか。実物のエンツォ・マヨルカが当作品を名誉毀損で訴え、勝訴した。結果、イタリアでは二〇〇二年になるまで、なんと十四年間も上映されなかったのだ。

実物のエンツォに会って、その理由がわかった。実物のエンツォは、ジャン・レノがコミカルに演じたエンツォとは、似ても似つかない人だった。

インタビュー当時、エンツォはすでに七十才近かったが、精悍で、とてもかっこいい男性だった。意志の強そうな、静かだが秘めた情熱を感じさせる、端正な顔。服の上からでも見てとれる、鍛え抜かれた肉体。知的で明確な話しぶり——上院議員を務めたこともあるそうだ。

エンツォは訴えた理由をこう語った。「うつくしいストーリーだし、よくできた映画です。でも、自分や家族、特に母が、ひどく戯画化されて描かれている。ゆがめられたイメージが流布し、家族が傷つくのを、だまって見ているわけにはいかなかったのです」

わたしはこの取材のため、初めてシチリアをおとずれたのだが、エンツォが案内してくれたシラクーサの海は、思わず飛び込みたくなるような、青い透き通った海だった。古代の遺跡が点在する町には、アーモンドの白い花が咲き、かぐわしいオレンジの香りがただよっている。

シチリアの海を愛し、シチリアに根ざし、家族を大事に、克己心を胸に、深海へ、限界へと挑んだ、誇り高いシチリア人、エンツォ。二〇一六年に亡くなったが、彼が見せてくれたシチリアは、今もわたしを魅了してやまない。

偶然だが、もうひとり、強く印象に残っている取材の相手もまた、シチリアの人だ。映画監督のジュゼッペ・トルナトーレ。一九八〇年代に「ニュー・シネマ・パラダイス」という映画が大ヒットし、一躍、世界的に名を知られるようになった。「海の上のピアニスト」、「マレーナ」、「鑑定士と顔のない依頼人」などの作品がある。

二〇〇〇年の初めごろ、トルナトーレ監督がモニカ・ベルッチを主演にした新作「マレーナ」を撮影中と聞き、撮影現場のモロッコまで、カメラマンのマークといっしょに飛んだ。撮影が行われているのは、カサブランカから車で二時間ぐらいの田舎だ。物語の舞台はシチリアだが、経済的・気候的理由で、撮影場所をモロッコに移したという。

トルナトーレはちょっとシャイな感じの人だった。こちらの質問に注意深く耳を傾け、言葉を吟味しながら答える。

よく故郷シチリアを舞台にした映画を撮るが、彼にとってのシチリアは、エンツォのそれとは異なり、愛憎半ばする。シチリアから離れているとシチリアが恋しくてたまらないが、シチリアに帰ると一刻も早く出たくなるという。

祖父は学校に行けず、自力で読み書きを学んだ。本が好きで、毎晩、ダンテの「神曲」を読み聞かせてくれた。父は、自分のやりたいことをやるためにたたかうことを教えてくれた――。

そんな話を聞いていて、目の前のトルナトーレ監督と、「ニュー・シネマ・パラダイス」の主人公が重なった。

わたしが、故トロイージ監督に言及し、なぜ、南イタリア出身の監督は心をゆさぶる映画をつくるのが天才的にうまいのか、と聞くと、トルナトーレはふっと自虐的に笑い、人はよく、貧しい人々の感情に魅了されるものだ、と答えた。そして、シチリアを含め、南イタリアが歴史的に不遇だったことに言及した。それがある種、独特の感受性を生み出したのだろうと。

イタリアの南北問題に関しては聞き知ってはいたが、北のヴェネツィアに住んでいる自分は、それまで、南の人の声をじかに聞く機会はなかった。

シチリアは、南北に長いイタリア半島の、まだ下にある島だ。ヴェネツィアからは地理的にも、文化的にも遠く、外国に行くようなもので、気軽に行ける距離ではない。まして、シチリアの人と知り合ってその人の考えを聞く、なんてことは、ふだんの生活ではまずない。

この仕事がなければ、イタリアという国に、そこまで深く首をつっこむことはなかっただろう。シチリアやマテーラ、モロッコまで行くこともなかっただろうし、会う人間の種類も、数も、もっと限られていたはずだ。

この仕事があったから、数多くの出逢い、そして学びがあった。ヴェネツィアにいただけではわからない、イタリアという国の多様さ。それぞれの地域の、人の、特性にふれ、彼らの誇り、あるいは悩みの片鱗をうかがうことができた。

記者証は、そんな仕事の数々に随行してくれた。

日本から遠く離れた場所で、業界のこともわからず、これでいいんだろうかと、自問自答しながらやっていた日々。無知による失敗もあったし、イタリア報道陣が集まるような場所に、外国人がひとり、看板もなく入って行くのは勇気がいった。

そんな自信のない自分を、この小さな記者証が、かろうじて支えてくれていた。

大丈夫、胸を張って行きなさい、と。

家族

Famiglia

姑のピンポ〜ン　イタリア 家庭内和平協議の結末

ピンポ〜ン！ 呼び鈴が鳴るとため息をついていた時期があった。誰かはわかっている。夫の母だ。

イタリアで結婚していたころ、夫の両親と二世帯住宅で暮らしていた。もともと彼らの家だったところを半分に分けてふたつのアパートメントにしたので、敷居は低い。ご飯を食べにおいで、息子の好物を作った、孫の顔を見せて、と、しばしばピンポ〜ンが鳴るのだが、それが当時のわたしには悩みの種だった。

特に義母の厚意が重かった。「これ、息子が好きだから食べさせてあげて」、「洗濯物を取り込んでおいたわよ」（二階の共有部分にパントリーがあった）、「子どもを散歩に連れていってあげる。あなたは仕事で忙しいでしょう？」などなど。

いいえ、大丈夫です、と、遠回しに断ってもそれは耳に入らない。「Dai, dai（ほらほら遠慮しないで）」って感じで押し切られてしまう。何度断っても押し切られ、ある日、堪忍袋の緒が切れた。ささいなことで言い合いになり、追い詰められ、わたしはなんと、こう言い放ったのだ。

「このドアからこっちは別世帯です。今後は立ち入らないでください」

賽は投げられた。


当然ながら、義母は気を悪くした。それからしばらく「ピンポ〜ン」は聞こえなくなったが、かわりに不穏な空気がただよった。

お義母さんがきらいなんじゃない。世話を焼くのは愛情からであり、大事にしてくれているのだということはわかっている。でも、こっちももう子どもじゃない。いい年したおとななのだ。自分の時間と空間が必要だし、自分の家のことはたとえ不出来でも自分たちでやりたい。それを理解してもらいたかったのだが、むずかしかった。遠回しに言葉を尽くしたつもりだったが、うまく伝わらなかったのは、単なる遠慮ととられたのかもしれなかった。

義母は嫁から締め出しをくらい、さぞショックだったろう。わたしだってそんなことはしたくなかった。でも、いくら言ってもわかってもらえず、はからずしてハードな結界の引き方になってしまった。

義父母の家の閉じた扉を見て、気持ちが沈んだ。お義母さんはさぞ怒っているだろう。お義父さんはわたしをかわいがってくれていたので、妻と嫁のはざまに立って悩んでいるにちがいない……。

仲が良かった義理の姉、エレナータからも責められた。「扉を閉めるなんて友だちにだってしない」と。泣きそうになった。好きで扉を閉めたわけじゃない。そうせざるを得ないよう追い詰められたんだ。説明しようとしたけど、彼女はぷいっと向こうに行ってしまった。

こういう場合、肝心の夫にあいだに入って状況を救ってもらいたいところなのだが、彼にそんな技量はない。そもそも発端は、夫が母親をめんどくさがる点にあるのだ。夫がちゃんと母親のいうことを聞いてあげないから、やさしく接してあげないから、お義母さんはわたしのほうにやってきちゃうのだから。

家と家が離れていれば、たとえ関係が悪くなってもさほど気にならないだろう。しかし、一階の入り口が同じの二世帯住宅では、いやでも顔を合わせる。気まずいどころではない。

何日かたって、「ちょっと話そうか」と、義父から声がかかった。

義父とわたしとは最初からなんとなく馬が合った。わたしはその誠実で高潔な人柄を慕っていたし、彼もわたしのことをなぜか買ってくれていた。

「わかりました」

いつもより緊張しながらいっしょに歩き、近くのカフェに行った。コーヒーを頼むと、義父はおだやかに切り出した。

「このままだとイスラエルとパレスチナだね」

わたしはため息をつき、

「……あやまれ、とおっしゃるんですか？　わたしは悪くないです。何度言っても聞いてもらえなかったから、しかたなかったんです」

「わかってる。妻はああいう性格だしね。でも、争いをおさめるにはどちらかが折れないと。そういう場合、日本でも、年配者より年下の者から折れるのではないかな？」

「……。やっぱりわたしにあやまれと？」

「あやまれとは言ってない。だけど多少折れて、この場をおさめることはできないかな？　そうしないときみは孤立してしまう。それはきみにとって不利益だ。この国で生きていくにあたって、娘（わたしの義理の姉）だって味方につけておいて決して損にはならないからね」

「それはそうですけど——でも、わたしから折れるのはイヤです。たまにはお義母さんから折れてくださってもいいじゃないですか」

「妻にそんなことができるならきみに頼んでないよ。解決のカードを持っているのはきみだけなんだ」

「……」

　自分から折れるのはイヤ、でもこの膠着状態がつづくのも耐えられない……。悩んだ末、わたしは義母に手紙を書いた。自分の言ったことをあやまりはしなかったが、はからずも気を悪くさせたことは遺憾である、といった内容の。とりあえず歩み寄りの姿勢は見せたわけだ。

するとも向こうも、まあ、話しましょうということになった。わたしたちは向かい合った。

わたしは自分のプライバシーは尊重してほしい、厚意はありがたいが自分たちの力だけでやりたいので見守ってほしいとくりかえした。義母は、ああもちろんよ、そんなことはわかってる。でも、あなたもわたしのことを理解してくれなくちゃ。わたしはあなたたちにいろいろしてあげたいだけなの。他意はないのよ。……わかりました。

そんな感じで、なんとなく、なし崩し的に和解となった。


で、その後どうなったか。姑のピンポ～ンはなくなった？　なにも変わらなかった？

正解はその中間。しばらくは鳴らなかったものの、時間が経つうちにピンポ～ンは戻ってきた。でも、その頻度は前より多少減った。おたがいに、少しは歩み寄れたのだ。

さらに後日、義理の姉はあやまってくれた。事情も知らず、一方的にあなたを責めて悪かったと。フェアで、いかにもこの人らしかった。

こうして義父母とは何年もとなり同士、かなり親しく暮らした。ときには意見の相違でぶつかることもあったが、それはもう事件ではなくなっていた。

でも、人生とはわからないものだ。夫の両親とうまく行くようになったら、今度は夫と離婚することになり、子どもを連れて日本に帰国することになった。

おたがいに納得した決断だったが、わたしは義父母がどんな反応をするかこわかった。

イタリアではこういうとき泥仕合になるのがふつうだ。外国人の嫁などに、やすやすと孫を渡したりしない。もちろん、彼らがそんなひとたちじゃないのはわかっていたが、それでも、これは大きな別れになる。わたしと子どもが行くのはミラノやローマではない、パリやロンドンでさえない、はるか遠い極東の国なのだ。めったに会えなくなるわけで、そんなこと、ふつうは耐えられない。

しかし、義父母は見事であった。黙ってわたしと夫の選択を受け入れてくれた。毎日ピンポ〜ンする気もちを抑えられないくらいわたしや子どもをかわいがってくれていた彼らにとって、それがいかにつらいことであったか。そんなつらさを黙ってこらえてくれた深い愛情、悲しみを思うと、わたしは今も胸がしめつけられる。ごめんなさい。悲しませて、ほんとうにごめんなさい……。

しかし、さらにおどろいたことに、ピンポ〜ンは海を跨いだ。わたしと子どもが日本に帰国し、一万キロも離れた場所に行ってしまったにもかかわらず、義父母は毎夏、会いにきてくれたのである。それは子どもが小学校高学年になるまでつづいた。

義父母を初めて渋谷に連れていったとき、義母は交差点の激しい往来に目をまるくした。そして「あなたたちのせいでこんなところまで来る羽目になった」と苦笑した。遠出がきらいな人だったのだ。

あのときまだ小さかった子どもは今では大学生になった。日本に帰国してからもう十五年だ。名仲裁をしてくれた義父は何年か前に鬼籍に入った。

幸い、義母はまだ元気でいてくれていて、誕生日と季節の挨拶はずっとつづいている。でもこのところ、電話の声が精彩を欠くようになった。ちょっと前までは「いつもあなたたちのことを思ってるよ」って、熱く話しかけてくれていたのに……。

コロナ禍のあいだ、日伊の往来はむずかしかったが、きびしかった渡航制限もようやく緩和された。ワクチンも打ったし、今度はわたしが姑のドアをピンポ〜ンする番だ。

飾られなかったおひなさま

桃の節句が来ると、かすかな痛みとともに思い出す。ヴェネツィアの家の納戸に長年、しまったままのおひなさま。娘が生まれたとき、両親が日本から送ってくれたものだ。大きな箱が五つ届いた。関税の支払いだけでかなり高額になり、こんなものわざわざ送ってくれなくていいのに、と、ばち当たりなことをつぶやいた。

しかしながら、飾ってみると三段のおひなさまはなかなか立派で、ヴェネツィア大理石と呼ばれるモザイクの石の床によく映えた。毎年取り出しては飾り、保育園の友だちやママたちを呼んでひな祭りをした。桃の花を生け、甘酒はなかったけれど、子どもたちは桃のジュース、ママたちはベリーニで乾杯し、女の子たちの健やかな成長を祈った。

離婚してイタリアを去るとき、おひなさまは置いていくしかなかった。仕事だけは決まっていたものの、ほかのことはまだどうなるかわからない。とりあえず、最低限必要な物だけをスーツケースひとつに詰め、娘の手を引いて飛行機に乗った。おひなさまのことを思い出したのは、季節が一巡し、日本で桃の節句を迎えてからだ。

あかりをつけましょ、ぼんぼりに〜♪

駅ビルで、商店街で、おひなさまの歌が聞こえてくる。ああ、あのおひなさまがここにあったら、と、唇を噛んだ。娘は放課後、学童とシッターさんに預けっぱなし。不憫で、なんでもいいから少しでも喜ばせたいと焦った。

でも、おひなさまは手元にないし、自分も仕事に忙殺され、それどころではない。また、そのころは夫におひなさまを送ってくれるよう頼める状況でもなかった。

とりあえずスーパーのお菓子売り場で簡易な紙のおひなさまセットを買い、飾ってみたが、娘は気づきもしない。来年こそは取り戻そうと思いつつ、そんな余裕もないまま、月日が過ぎていく。

せっかくのおひなさまをこのまま納戸の肥やしにするのはもったいない、ヴェネツィアの東洋美術館に置いてもらってはどうかと、義父が提案してくれたこともあった。価値ある美術品でなくても、ヴェネツィアにはない、珍しいものだからと。

ヴェネツィアから東京へおひなさまを送る手間と労力、送ってもらったところで置く場所もない住宅事情を考えると、それが良案に思えた。義父が美術館に持ちかけてくれたが、お役所仕事で話は一向に進まず、結局、頓挫してしまった。

季節はまた何巡もして、今年も桃の節句がやってきた。もう娘は成人したのに、町中で、テレビで、おひなさまの歌が聞こえてくると、また、あのかすかな痛みがぶり返す。長い年月、納戸にしまわれたきり、飾られなかったおひなさま。送ってくれた両親に対して、申し訳ない気持ちが先に立つ。

女の子の初孫が生まれた喜び。遠くにいて会えないさびしさ。いつも思っているよ、日本の文化にもなじんでね……。両親の胸には、いろんな思いがあっただろう。それを無駄にしてしまった。すまない気持ちが込み上げてくる。

無駄にしてしまったのはおひなさまだけではない。

結婚の際に義父母がわたしたち夫婦に半分分けてくれた家。純粋なヴェネツィアンスタイルの家には、日本の香炉や掛け軸がふしぎに似合った。でも、わたしと娘はもうそこにいない。

義父が娘のためにイタリアから送ってくれた、イタリア語の児童書と百科事典。なんとかこれを読めるようにしてあげたいと思ったが、日本の小学校からの連絡帳に目を通すのが精一杯のわたしに、イタリア語の授業まで手配する余裕はなかった。

母が作ってくれた四季折々の着物。これらも結局、一度着たきりで、その後袖を通す機会もなく、実家の箪笥に眠ったままだ。

どれだけの人々の、どれだけの思いを、生かせず、来てしまったのか。ほかの人だけじゃない、自分自身の思いもそうだ。

人生は描いた航路を進まず、右に左に大きく揺れる。難破したり、道に迷ったりするうち、気づくと予想もしなかった風景のなかにいた。不本意でも、そこで生きるためには、やれることをやるしかない。抱えきれないものは、捨てていくしかない。

ふりかえると、うしろには夢の残骸があざやかなまま残っている。せつなくなるので見ないようにするのだが、どんなに封じ込めても、折にふれ、それらは姿をあらわす。桃の節句のおひなさまのように——。

しかたない。消費者なのだ。食べ物や日用品を日々、消費していくように、時間も贈り物も、夢も、生きるなかで消費されていく。でも、それでいいのだと思いたい。人生は片道切符の旅で、前に進む道しかないのだから。

ただ、ときどき寄り道して、感傷的になるぐらいはゆるされるだろう。飾られなかったおひなさま、完成しなかった家、かなわなかった夢……。痛いが、いとしい記憶である。いとしい人たちの記憶であり、それらを築こうと無我夢中だった自分の、情熱の記憶でもある。

寄り道が終わったら、また気を取り直して前に進む。明日はどんな風に吹かれるのか。

おひなさまはもうあきらめたが、桃の花だけはかろうじて飾った。もう娘にしてあげられることはほぼない。ただ、幸多かれと、祈るばかりだ。

サンタさんのしょっぱいケーキ

今日はクリスマスイブ。明日のクリスマスは恒例の、イタリアとのスカイプだ。子どもがいることもあり、別れた夫とその家族とは、十何年たってもつきあいがつづいている。誕生日など、折にふれて電話をしたり、メッセージをかわしたりして交流をしているが、クリスマスには必ずビデオ会話で顔を合わせる。そのイニシアティブをとってくれていたのが義父だった。

うちの子を溺愛し、目のなかに入れても痛くないほどかわいがってくれていた義父。残念ながら何年か前に亡くなり、ここで切れるかと思ったら、それまであまり顔を出さなかった夫が代わってスカイプしてくるようになった。

わだかまりが解けたのか、家長としての意識にめざめたのか、クリスマスのスカイプは彼が引きついでつづいている。

ビデオで顔を合わせると、高齢の義母だけでなく、みんな年をとった。夫、わたし、義理の姉のエレナータ、妹のキアラ、その夫たちも、白髪が増え、顔の輪郭がゆるんできている。うちの子や甥っ子、姪っ子たちが二十歳を越えたのだから、まあ当然だ。それでもこうして、顔を見ておしゃべりしていると、そんな長い年月が過ぎたとは思えない。ヴェネツィアや山の家で過ごしたクリスマス、年末年始の日々が、まるで昨日のことのようだ。

義父が「料理のティントレット（注）」と呼んだ義母は、料理が上手なひとだった。クリスマスにはそれこそ、はりきって腕をふるいそうなものなのに、意外にシンプルだった記憶がある。バカラ・マンテカートと呼ばれる、干し鱈のペースト。シーフードのマリネ。エビのカクテル。そして、イタリアらしくもない、スモークサーモンのイギリス風サンドイッチ。

「クリスマスイブのディナーは事前に準備しておけるものでなくちゃ。そうじゃないと主婦がゆっくり楽しめないでしょ？」

保守的かと思いきや、意外に新しい考え方のひとなのであった。

山の家ではホワイトクリスマスを楽しんだ。まだそのころは家族でたったひとりの幼な子だったうちの子を、夫や義理の兄弟が雪橇に乗せて遊ばせた。おとなたちは橇を引くのに息を切らせ、子どもは橇の上で頬を真っ赤にして笑っている。

日が落ち、暗くなると、夜空に天の河があらわれた。真っ暗な冬空に、ダイヤモンドをまぶしたかのような星たちの輝き。そのときばかりはおしゃべりな口をつぐんで、みんな静かに見とれた。

しかし、クリスマスの主役は、なんといっても子どもたちだ。子どもたちはサンタさんとプレゼントを楽しみにしていて、おとなは子どもたちを喜ばす演出を欠かさない。

「サンタさんにコーヒーとお菓子を用意しておいてあげようね」

イブには夫が子どもに、パネットーネというクリスマスのお菓子をひと切れ、テーブルに準備していた。子どもは朝、目が覚めたら、真っ先にテーブルを見に行く。そしたらコーヒーカップは空、パネットーネもなくなっている。

「サンタさんが食べた！　サンタさんが来た！」

目を輝かせる子ども。クリスマスツリーに目をやると、ソックスにはキャンディーが、根っこにはプレゼントの箱が届いている。

ヴェネツィアで過ごした最後のクリスマスイブは、本土側の近郊に住む妹、キアラの家だった。うちの子が六才、キアラのところの双子たちが五才のときだ。

夫が赤い帽子と洋服でサンタさんに扮し、家の外を走るという演出をした。窓の外の闇に赤い帽子のサンタさんが走りすぎるのがちらっと見えると、子どもたちは、「サンタさんだ！

サンタさんだ！」と大興奮。おおいに盛り上がった聖夜だった。

十五年前、東京に帰ってきて最初のクリスマスはちょっとせつなかった。今まで大家族で迎えていたクリスマスが、母子ふたりきりになった。

「サンタさん、わたしが東京に引っ越したってわかるかなあ。それに、煙突がないと入れないんじゃない？」

子どもは心配している。わたしはたまらなくなって、子どもを抱きしめた。

「サンタさんは神さまと同じなの。どこにいてもわかるし、どこからでも入ってこられるから大丈夫だよ」

ふたりで自転車でクリスマスツリーを買いに行った。それはヴェネツィアの十分の一にも足らないミニツリーだったけど、子どもは喜んでくれた。

そのころわたしは仕事が過酷で、ほんとうはクリスマスどころじゃなかった。十何年ぶりの東京での、子連れの再出発。きびしさは予想していたものの、まさか毎日帰りが真夜中になるとまでは想像できなかった。つらいが、子どもはシッターさんに預けっぱなし。

こんなはずじゃなかった……。必ずしあわせにすると約束してイタリアを発ったのに、子どもの寝顔しか見られないような日がつづいている。申し訳なさで胸がつぶれそうだったが、ごめん、家の大黒柱として、仕事は死守しなければならない。

クリスマスイブも間近にせまったある日、仕事に追われるなか、なんとか職場を抜け出して博品館までプレゼントを買いに行った。子どもがほしがっていた小さなお人形の家、シルバニアの家を買うためだ。

なんとしてでも子どもの喜ぶ顔が見たかった。子どものためだが、自分のためでもあった。子どものさびしそうな顔を見たりしたら、自分の心が折れてしまう。そんなむずかしい時期だった。

同僚たちの心遣いで、イブには残業しないで帰ることができた。子どもとふたり、ささやかなディナーを食べ、サンタさんのため、コーヒーとケーキを用意した。

「サンタさんに会いたいから起きてる」という子どもを寝かしつけたあと、コーヒーを飲み、ケーキを食べた。泣けてきて、ケーキがしょっぱくなってしまった。

一年後、新しい職につき、ようやく人並みの時間に帰れるようになった。その後もいろいろ試練はつづいたが、徐々に生活も落ち着き、今年は日本で迎える十六回目のクリスマスだ。

サンタさんのコーヒーとお菓子は、受験やらなんやらで忙しくなるにつれ、欠いてしまった。すっかり大きくなった娘は、今ではサンタさんより、ボーイフレンドと過ごすクリスマスに胸をはずませている。

サンタさん、ありがとう！ 子どもは無事、成長しました。

そして、最愛の娘……。たった六つで住み慣れた国を離れ、母親がそんな状況でさぞ心細かっただろうに、さびしいとも言わず、朝、顔をあわせると愛らしい笑顔を向けてくれた。そのおかげで、あのきびしい時期を乗り越えられた。

あの明るさはしかし、なんだったんだろう。小さい子ながら無意識に、あぶなっかしい母親を助けようとしてくれたのだろうか。サンタさんが守ってくれていたのだろうか。


今夜はひさしぶりに、サンタさんにコーヒーとケーキを用意しようと思う。感謝をこめて。サンタさんを待っている子どもたちのもとに、サンタさんが元気でたどりつけるように。

そして、夜が更けたら食べちゃおう。きっと、もう、しょっぱくはならない。

（注）ティントレットはルネサンス期のヴェネツィアを代表する画家のひとり。光や色彩による劇的な宗教画を描いた。

真夜中のソリタリオ

ヴェネツィア。深夜。夫の実家。トイレで目が覚めたら、広い家のなかは真っ暗だ。どこに電気のスイッチがあるかもわからず、手探りで歩を進めたら、キッチンのほうから薄明かりが洩れている。

パタッ、パタッ。なにか音がする。変に思い、見に行ってみると、義父がひとり、食卓でカードをめくり、トランプのひとり遊び、ソリタリオをしている。

義父はわたしに気づき、ほほえんだ。

「こんな時間に、どうされたんですか？」

「眠れなくてね」

「……」

「いつものことだ。心配しなくていいよ」

翌朝、夫に聞いたら、義父の不眠は今に始まったことではない。深夜のソリタリオは毎度のことだそうだ。

「そんな……それはつらいね」

わたしの言葉に、夫はこたえなかった。

睡眠不足をどこでどのように補っているのか、起きているときの義父はほがらかで、快活なひとだった。わたしたちが結婚したころはまだ勤めに出ていて、週末はテニス、夏は海、冬はスキーと、活発だった。クラシック音楽が大好きで、よくコンサートやオペラに連れていってくれた。あまり社交的でなく、外に出たがらなかった義母とは正反対だ。

しかし、真夜中に見た顔は、昼間の顔とは別人だった。見てはいけないものを見てしまった気がして、不眠の理由をそれ以上たずねることはしなかった。

その後も何度か、義父が夜中にソリタリオをやるのを見かけた。夏や冬、休暇で山の家でいっしょに過ごしたときなどだ。夜中に目が覚めると、リビングに薄明かりがついている。そこでひとり、カードをめくっている。その背中がさびしくて、胸を突かれた。

でも翌朝には、そんなことなどなかったような明るい笑顔で、「さあ、早く朝食をとりなさい。山歩きに行こう」などという。あわててコーヒーを飲み、いっしょに出かけると、精力的に歩き、「これはウサギの足跡、あれは鹿」などと教えてくれる。そんな様子は、夜中に見た姿とはほど遠い。それで、あれは自分が寝ぼけて見た夢だったのかな、と、思ったりもした。

義父、ジャンカルロは、その父、エミリオが経営するヴェネツィアの船会社を継いだ。その会社は何代か前からあったが、エミリオの代になって大きな発展を遂げた。義父が継いだころには、ヴェネツィア港の曳航・サルベージ業を一手に担っていただけでなく、オランダやイギリスなど、外国の油田開発まで手がけていたそうだ。それが一九八〇年代、労働組合の動きの激化にともない、経営が傾いた。そして会社は人手に渡ってしまった——。

そこまでの話は、さらっとは聞いていた。また、知り合いや近所のひとからも耳に入ってきた。が、義父がいともあっさり語るので、こちらもあっさり受け止めていた。昔の話で想像もつかないし、義父は今は別の仕事についていて、困っているようには見えない。まだ結婚して間もないころで、この家の事情もよく知らなかった。

が、それから一年ほどして、夫の祖母が亡くなった。祖母の死をきっかけに、それまではっきりと口にされなかったことが、少しずつあらわになってきた。

祖母、イーザに最初に会ったのは、まだ結婚前。夫に連れられてあいさつに行ったときだ。祖母はサンマルコ広場の総督宮殿の並び、スキアヴォーニ河岸に面した館にひとりで住んでいた。その館は外壁が薄いローズ色のため、カーザ・ローザ——バラ色の家——と呼ばれていた。一階、二階は義父が経営していた船会社の本社のオフィスで、玄関には真鍮のパネルに、苗字と同じ社名が入っている。

祖母の住居はその上階だ。エレベーターを降り、扉を開けると、優雅な調度品に囲まれたサロンが現れた。夫が「ノンナ（おばあちゃん）？」と声をかけ、その奥の居間に進むと、祖母の姿が見えた。祖母は窓際にすわり、窓の外を見ている。その窓からは、サンマルコ湾から外海まで一望でき、湾を行き交う船の様子が手に取るようにわかった。

祖母は当時、すでに九十歳を超えていただろう。小柄なからだに髪をきれいにセットして（あとでそれはカツラだったことがわかった）、上品な服装に、真珠の首飾りや色石のブローチをつけている。高齢と、一部の隙もない服装のせいか、なまなましさがなく、蝋人形のようだ。

夫がわたしのことを「ガールフレンドだよ」と紹介しても、ああ、そう、というぐらいで、あまり反応がない。でも、夫のことはかわいい孫と認識しているようで、目に入れても痛くないという感じで、飲み物やらお菓子やらをすすめている。


二回目はヴェネツィアの夏の大花火、レデントーレの夜だった。

寝室で休んでいる祖母に、「屋上に花火を見に行くね」と夫が声をかけると、「ああ、楽しんできなさい」と、投げキスをして見送ってくれた。

屋上のテラスからは、サンマルコ湾のずっと先まで見渡せた。右側に旧税関の建物、そして、その向こう側に、ジュデッカ島のレデントーレ教会がライトアップされ、闇のなかに白く輝く姿が見える。海上に目を向けると、花火を見るために集まってきた無数の小舟が、夜のサンマルコ湾を埋め尽くしている。

やがて時が来ると、真っ暗な空に次々と花火が打ち上がり、夫とふたり、その花火に見とれた。その後も毎年、レデントーレの花火は見たが、いつも人混みにもまれてのことで、あのように静かに全景を見られたのは、あれが最初で最後だった。

祖母には数回会っただけだが、その様子、暮らしぶりを見ていると、ちょっと混乱した。彼女はお手伝いさんにかしずかれ、余裕しゃくしゃくという感じで、サンマルコ湾を見下ろす窓際にすわっている。その落ち着いた様子を見ていると、会社は手放したって言っていたけど、まだ一部残っているのだろうか、と思ったりもした。

別の日には夫、ジュゼッペの名前のついた曳航船を見かけた。「あれ？　手放したんじゃなかったっけ？」と聞くと、夫は「そうだよ。船に名前が残っているだけ」と、腹立たしそうに目をそらす。なにか腑に落ちない。

祖母のお葬式は、一族の所属教会であるサンザッカリア教会でおこなわれた。おごそかな雰囲気のなか、義父母に並び、ミサを執り行う司祭の言葉に耳を傾けていると、義母がハンカチで涙を拭きながらふと漏らした。

「会社が人手に渡ったこと、おかあさんが最後まで知らなくてよかった……」

そうか。そうだったのか。祖母は知らされていなかった。だからあの、バラ色の家の上階に、ずっと誇り高く陣取っていられた――。

女王然として窓からサンマルコ湾を見下ろしていた祖母の姿を、わたしは思い出した。一方、それを隠し通してきた義父母の心の負担は、いかほどのものかと思わずにいられなかった。司祭の声がしめやかに響くなか、ふたりは疲れた様子で目を伏せている。しばしその横顔を見つめたが、胸の内まではわからなかった。

祖母の死で、すでに終わっていた時代の、その最後の幕が引かれた。

それまでは昔のことを聞いても歯切れの悪い返事しか返ってこなかったのが、もう守るひとがいなくなったからだろうか。折にふれ、思い出話が、ぽつっ、ぽつっと、家族の口から出るようになった。

「あれは今から十数年前。子どもたちがキャンプで出かけていて、めずらしく、夫とふたりきりで夕食をとっていた時だった……」

そんなふうに義母が口を開いたのは、夫の実家で、クリスマスツリーの飾り付けを手伝っていたときだ。

「夫が唐突に、事業が人手に渡るかもしれない、と打ち明けたの。青天の霹靂で、わたしは絶句して彼の顔を見つめたわ」

そう語る義母は、うつろな目をして、きらきら光るツリーの飾り玉を手でもてあそんでいる。

「長い沈黙の後、どうするの？ と聞いた。夫はいつもと同じ顔で、まるで明日はパーティーだ、とでもいうような口調で、『ピストルで頭をぶち抜くか』と言うと、席を立った」

「！」

そうだったのか……。代々の事業を手放す、財産を失うということは、死を念頭にするほどのことなのだ。それが今の話を聞いて、初めてよくわかった。それまでも話は聞いてはいたが、義父があたかもふつうの転職話のように話すので、事態の重みが伝わってこなかった。こっちも若く、世間知らずだったこともある。

義母は依然、飾り玉をいじくっている。わたしはその玉に見入ったまま、話のつづきに耳を傾けた。

「夫は寝室の椅子に腰をかけ、震えている。わたしは彼の肩をそっと抱きしめた……。ここ五年ほど、事業があまりうまく行っていないことは、夫の様子からなんとなく察してはいた。でも、人手に渡るなんてことは、想像もつかなかった。これから家族に起こりうる、ありとあらゆることが頭に浮かんだわ。ガクガク、からだが震えてきた」

「夫は正直で、気のいいひとだった。その点で、すでに事業家には向いてなかったのかもね。

だけど事業も安泰で、財産も揺るぎないものだったから、大丈夫だと思っていたの。夫がいとも鷹揚に保証人になったり、頼まれて新しい事業に投資していると聞いても、放っておいた。そしてそれが、命取りになった――」

コトン。

飾り玉が床に落ちた。はっとして目を上げると、表情が一変している。抑えてはいるが、こみ上げる感情の激流が見えるようだ。

「幸いなことに、夫の必死の努力で、家族が路頭に迷うようなことは避けられた。新しい仕事も見つかったし、ご覧のように困ってはいない。でも――こたえたわね。夫は帝国をなくしたのよ」

口調は、最後は悲鳴に近かった。思わぬ感情の吐露に、かける言葉が見つからない。

わたしは床に落ちた飾り玉を拾い、手渡した。義母はそれを受け取ると、ふっとため息をついた。

「亡くなったおばあさんと、夫が、実の親子じゃないことは聞いているでしょう？」

「ああ、はい。なんとなく……」

義父、ジャンカルロは、ボローニャで生まれた。まだ幼いころに実父をロシア戦線で亡くし、母親とふたりで暮らしていたが、七、八歳のころ、亡くなった実父の姉である伯母さん夫婦に引き取られた。その伯母さんというのが、あのスキアヴォーニ河岸の館の上階からサンマルコ湾を見下ろしていた祖母、イーザだ。

イーザは、だから、正確には義父の「養母」で、父方の伯母さんにあたる――と、ここまでは当人から聞いていた。

義母は手のなかの飾り玉に目を落としたまま、話をつづける。

「戦後、女手ひとつで家計を支えるのはさぞ大変だったでしょう。でも、だからといって子どもを手放す？　おなかを痛めた実の子よ？」

夫の生い立ちに同情しているのか、口調がいつになく激しい。

「伯父さんと伯母さんには子どもがなかったから、かわいがられた。でも、当時の教育方針にしたがって、寄宿舎に入れられた。ボローニャのおかあさんが恋しくて、ひとりで夜、よく泣いたそうよ」

義父は明るいひとだったが、ときどき、ナイーブな一面が透けてみえた。この話を聞いて、子どものころの彼と、今の義父が、ひとつの線でつながった。

「でも、夫はがんばった。勉強もよくできて、ヴェネツィア大学の経営学部を卒業すると、会社の後継ぎとして期待され、その任をよく務めた。会社のことは時代が変わったこともあるし、彼のせいじゃない」

わたしと夫に子どもができたとき、夫の両親は、それはそれは喜んでくれた。初孫で内孫、ということもあってか、とりわけ義父の盲愛ぶりは異常なほどだった。

子どもが生後六ヶ月ぐらいのときのことだ。せきが止まらないので病院に連れていこうと、急ぎ足で歩いていると、義父が追ってきてわたしの腕から子どもをもぎ取った。そして、唖然としているわたしを置いて、病院まで走って行ってしまった。心配でたまらず、一刻も早く医者に見せたかったらしい。

また、幼稚園に通うころになると、朝、玄関を出たところで、義父が待っている。子どもの顔を見ると、その顔がパッと輝く。「おチビちゃん、おいで！」と腕を広げ、孫娘を抱き上げる。その様子があまりにもしあわせそうなので、ああ、じゃあ、わたしのかわりにお義父さんが送っていってください、と、なるのであった。

そんなふうに暮らしていたからか、ほかにも孫はいるのだが、うちの子は義父にとって特別な存在だった。

ふたりは大の仲良しで、日々連れ立って散歩し、いっしょにおやつを食べる。暑い日はジェラートを買いに行き、寒い日は家のなかで本を読んでもらう。そのころの写真を見ると、子どものとなりで、義父が心底しあわせな顔で笑っている。

それが、夫とわたしの離婚により、離ればなれになってしまった。それも、わたしが日本という遠い国に帰ることになり、一万キロもの距離ができてしまった。夫の両親もわたしたちの決断を受け入れてくれ、止めるようなことはなかったが、最愛の孫娘との別れは、義父の胸を、文字通り、引き裂いたにちがいない。

しかし、義父のうちの子への愛は、それで止まらなかった。出不精の妻を説得し、半年後、遠距離を押して、はるばる東京まで会いに来てくれた。

広いヴェネツィアの家とは正反対の、狭いアパートだったが、なんとか工夫して泊まってもらった。十数年ぶりの日本で、新しい仕事に昼夜、忙殺されているわたしにかわって、義父母は娘を、近所の夏祭りやディズニーランドに連れていってくれた。

そのころわたしは、帰宅が連日、深夜におよび、疲れて、休みの日には起き上がることもできなかった。はるばる来てくれたのにろくに相手もできず、申し訳ないが、どうしようもない。とはいえ、いったいいつまでこんな生活がつづくのか——。

苦しさと不安に押しつぶされそうになりながら、また夜遅く帰宅すると、義父がひとり、ソリタリオをしている。そういえば、長らくその光景を見ていなかった。

「寝られませんか? すみません、狭苦しくて……」

「大丈夫。いつものことだよ。疲れただろ? 早く寝なさい」

こんな安っぽい食卓で、こんな似合わない場所で、義父がひとりカードをめくっている。それを見て、いっきに悲しみにのまれた。

なぜ、こんなにいいひとが、苦しみから逃れられないのか。なぜ、自分はこんなに無力なのか。なぜ、生きていくことはこんなにつらいのか――。

夫の両親は子どもが小学校高学年になるまで、毎年、ヴェネツィアから日本に来てくれた。帰国して二年目、三年目になると、暮らしも少し落ち着いてきた。最初の年はブラックな職場で深夜まで働かされたが、転職してからはまともな時間に帰れるようになった。両親が来てくれたときには、いっしょに晩ごはんを食べたり、休みの日には鎌倉や箱根といった場所に連れていってあげたりもできるようになった。

義父はわたしの同伴をとても喜んでくれた。というのも義母が出不精なひとで、せっかく日本に来ても外出したがらないので、なかなか遠出できないでいたからだ。ときどき、ひとりでお台場に行ってモノレールに乗ったり、浅草に行ったりしていたが、つまらなかったのだろう。わたしがいっしょに行くと、生き生きといろんなものに目を留め、楽しそうに日本の印象を語った。

夕方になるとヴェネツィアでの習慣を踏襲して、アペリティフを飲もうとなった。近所の喫茶店でビールを一杯飲む程度のことだが、そんなとき、義父は心からリラックスしている様子で、それまで聞いたこともない昔話を聞かせてくれた。

「一九五〇年代、ロンドンに留学したんだ。そのころ、イタリアの留学生たちの溜まり場になっていたパブがあってね。そこでずいぶん馬鹿をやらかしたものさ。最後は『イタリア人お断り』って張り紙が出されて、出入り禁止にされちゃったんだよ」

義父が馬鹿騒ぎをする姿など想像もつかない。が、彼にも若いときはあったのだ。昔、義母が見せてくれた、若いころの写真を思い出した。

「オランダにはよく行った。油田の仕事をしていたからね。何週間も出張することも多かった。うちの子どもたちはなぜか、オランダのにしんの燻製が好きで、よくお土産に買って帰ったな」

ヴェネツィアでいっしょに暮らしていたころは、聞かなかった話だ。あのころは家族だったから、かえって話しにくかったのかもしれない。それが他人になり、それも一年に一度しか会うことのない相手だから、気楽に話せるようになったのかもしれない。

こうしてわたしは、ヴェネツィア時代には知らなかった義父の横顔を、少しずつ知っていった。

義父はまた、妻の出不精がますますひどくなり、困っている、と、打ち明けた。

「時間があるんだから、いっしょに海に行こうとか、ブリッジクラブに入ろうと誘うんだけど、どれもまったく興味を示さないんだ……」

たしかに義母は、東京に来てもあまり外に出たがらない。彼女は家にいるのが好きで、日常生活のルーティーンに生きている人だ。お気に入りのオペラだけは別だが、そのほかに積極的に出かけることはまずない。

が、義父は違った。新しいものを見たり、体験したりするのが好きだった。日本でもあっちこっち見てまわりたい、そう思っていたと思う。しかし、妻をひとりで置いていくのも気がひける。それで自分も出かけるのをがまんし、ストレスがたまっているようだった。

明日はイタリアに帰るという日の夕方、近所の喫茶店でいっしょにビールを飲んだ。そのとき、突然、「ぼくもおチビちゃんといっしょにここで暮らしたい」と言って、涙をにじませた。唐突なことで、言葉につまった。義父はつつしみ深いひとで、感情をあらわにするようなことはなかったからだ。が、その気持ちはわからないではなかった。きっと、自分が抱えている現実から、一瞬、離れたくなったのだろう。

孫娘の笑い声の聞こえなくなった、がらんとしたヴェネツィアの家。年月を経るごと、殻に閉じこもっていく妻。離婚後、なにを考えているかわからない長男……。

家族は時に、息苦しい相手だ。運命も利害も共にするから、逃れられない。重くて、なにもかも放り出してしまいたくなることもあるだろう。

もちろん、義父はそんなことはしない。家族思いの、立派な紳士である彼には、とてもそんなことはできない。が、少しだけ荷物をおろしたい。楽になりたい――。

家族でもない、他人でもないわたしだからこそ、義父は心情をさらけ出すことができたのだと思う。

わたしは黙ってうなずき、その手を握った。神さま、お願いです。どうか、お義父さんの苦しみを取り除いてあげてください……。

ヴェネツィア。真夜中。夫の実家。

パタッ、パタッ。音がする。薄暗いキッチンで、義父がひとり、カードをめくっている。闇のなか、うしろ姿だけが浮き上がって見える。

長いあいだ、その孤独には届かないと思っていた。深夜のソリタリオは義父の専売特許だと。大きな喪失をしたひと、子ども時代につらい思いをしたひとのものだと思っていた。

しかし、年を重ねるにつれ、自分も夜、眠れないことが増えた。また、若いころには、愛し、愛される相手がいれば孤独から逃れられる、と思っていたが、そうでもないことを知った。

熟睡できず、深夜に目が覚める。そんな夜は古傷が痛む。挫折、後悔、かなわなかった思い……。そんなときは、起きて本を読んだり、お酒を飲んだり、寝静まった住宅街を歩きまわったりしてまぎらわす。

ほかのひとは、どうしているのだろう？　ゲームをやったり、音楽を聞いたり、ネットサーフィンをしたりするのだろうか。走ったり、バッティングセンターでバットを振る、なんていうひともいるかもしれない。

みんなやるのだ、なにかしら。ある程度年をとったら、だれもが、多かれ少なかれ、痛みを抱えて生きている。胸のうちの怪物を追っ払いたいのは、義父だけではない。

パタッ、パタッ。カードをめくる音がする。ここでも、あそこでも。

無数の悩める魂が、夜更けにひとり、ソリタリオをしている。

舅のアンティーク時計

スイスから時計が帰ってきた。半世紀以上前のアンティーク時計。イタリアの舅、義理の父からもらったものだ。

離婚して日本に帰国して間もないころ、孫の顔を見に、ヴェネツィアから日本に遊びに来てくれた。その際、この人らしく、説明もなく、さりげなくくれたのだった。

ありがとうございます、と受け取ったものの、ちょっと解せなかった。なぜこんなものを？　子連れで十二年ぶりに帰国した日本で、生活再建しなければならない。遅くまで働きづめの余裕のない生活に、アンティーク時計は場違いというか、そぐわないというか、はっきりいって無用の長物だ。

どうしていいかわからず、わたしはそれを引き出しにしまった。そしてそのまま、長年、忘れていた。

それが二年ほど前、片付けをしていたら、ひょこっと出てきた。この古い時計はなんだろう？ 一瞬、いぶかしく思ったが、間を置かず思い出した。ああ、そういえば昔、義父にもらったんだったっけと。

最後に聞いたその声が、なつかしくよみがえった。五年前の、亡くなる数日前、電話で話したのだ。いつも週末にかかってくる電話がないので変に思い、こちらから電話すると、入院しているというのでおどろいた。

「入院なんて……どうされたんですか」

「前から心臓があまりよくないだろ？ それでちょっと、ね。ま、たいしたことない。数日したら退院するさ」

「そうなんだ。それならいいけど……」

「おチビちゃんはどうしてる？」

「元気にしてるようです」

娘はそのとき、オーストラリアの高校に留学中だった。

「早くよくなってくださいね」

「ありがとう。またね。」

投げキスの音が聞こえ、電話が切れた。それが最後になった。

つらい別れだった。それをまた、遠い外国にいる娘に伝えねばならない。気が重かった。

夫と別れた後も、義父はわたしたち親子を気にかけ、娘が小学校のあいだは日本に毎年、顔を見に来てくれた。高齢になり、長旅がむずかしくなってからも、週に一度は必ず電話をくれた。気持ちはうれしく、ありがたかったが、毎週となると正直、ツーマッチでもあり、ちょっと重く、めんどうでもあった。

前を向かなくちゃいけない。待ったなしの仕事に、子どもの学校や塾、受験、自分自身のスキルアップのための勉強、試験。対応しなければならないことが山とある。

そんなときに電話が鳴ると、ああ、時間がないのにとイライラして、悠長に話してる暇なんてないんです！　と、電話口で叫びそうになったこともあった。それぐらい、義父との電話は日常生活のひとコマとなっていたのだ。

その電話が鳴らなくなった。やたら静かで、なんやら薄ら寒い。まるで空気の温度が一気に下がったかのようだ。

あたりまえのように聞いていた声、あたりまえのように受け取っていた愛情。わたしたちが自分たちのことにかまけ、おざなりな返事をしても、やさしさと温もりを惜しみなく注いでくれていたひと、常に見守ってくれていたひとが、もういない――。

電話の向こうで娘は泣き崩れた。なんとかお葬式に行かせてあげたかったが、留学中だし、地球を半周以上することになる距離を、未成年ひとりで渡航させられない。わたしが休みをとってオーストラリアまで迎えに行き、イタリアまで連れていくという計画も立てたが、実行は困難で、あきらめざるを得なかった。

わたしと娘はそれぞれ、別々の場所で、死を悼むことになった。わたしは長い追悼の手紙を書き、棺に入れてもらった。わたしたちの愛と感謝が、天国のお義父さんに、どうかいつまでも寄り添いますように……。

遠い空から、そう祈るしかなかった。

ふいに出てきた時計を見て、義父との思い出がよみがえった。長年放置してきたのに、まるでこのたび初めて発見したかのように、唐突に夢中になった。

時計のねじを巻いてみた。いちおう動くのだが、そのうち三十分、四十分と遅れる。

近所の時計屋さんに持って行ってみたら、すごくいい時計ですね、と感心された。知らなかったが、スイスの老舗メーカーのものらしい。ただ、修理するにはオーバーホールしかないという。とはいえ、なにぶん古いので、そうすると壊れてしまう可能性が高い。だからこのまま思い出として取っておいたら、ということだった。

それでもいいが、できたら再生させたかった。

時計は義父が、その父エミリオから受け継いだものと思われる。義父はエミリオが大きくしたヴェネツィアの船会社を継いだのだが、のちに手放すことになり、その挫折感と罪悪感に後々まで苦しんでいた。この時計はたぶん、義父の、一族の、最盛期を伝える時計だ。そんなことは知らない娘に、いつかそれを伝えたい……。

躍起になり、ほかの時計屋をまわった。いくつかの店に相談したが、ダメだった。古すぎるし、長年使われてこなかったから、手の打ちようがないという。

もうお手上げかな……。大阪の実家に行ったとき、たまたまそんな話を父にしたら、「ちょっと見せて」という。父も亡くなった義父と少なからぬ交流があった。父は時計に目を凝らし、「なんとかできないか調べてみる」という。それで時計を預け、また一年以上の時が過ぎた。

正月に実家に帰った。そのとき、父から小さな箱を渡された。開けてみると、ビロードの小さな立派なクッションの上に、あの時計が鎮座している。

「どうしたの?」

「スイスの本社まで修理に出してた。こないだオーバーホールが終わって、ようやく、帰ってきたよ」

「スイス! で、直ったの?」

「直った。動くよ。ネジを巻いてごらん」

おそるおそるネジを巻いてみる。ふたりでしばらく、無言で時計を見守る。針が動いているのがわかる。

「生き返ったんだ……」

感無量だった。古い時計が生き返ったことも、スイスまで修理に出してくれたという父の計らいも。

「三、四分遅れるのは想定内だそうだ。アンティーク時計というのは、そういうものなんだって」

そうなんだ——。まったく知らなかった。昔は時の経ち方にも、ゆったりとした幅があったということか。

「ネジは毎日巻かなきゃいけないよ。そうすることによって油が行き渡り、きちんと動くんだそうだ。ネジを巻かないで放っておいたらダメになるって」

なるほど。自動巻やデジタル時計とはまったくの別物なんだ。時計とはいえ、生き物なんだ……。

「おとうさん、ありがとう」

礼をいうと、なんでもない、とでもいうように、父は軽く手を振った。そして「よっこらしょっ」と立ち上がり、庭のほうに行ってしまった。その腰の曲がった後ろ姿を見て、父もずいぶん年をとった、と、不意にさびしさが雪崩のように押し寄せてきた。

義父がヴェネツィアの船会社を継いで苦労したのとはスケールがちがうが、父も大阪郊外の旧家を継ぎ、家を守ることに苦心した。個としての生き方を犠牲にせざるを得ず、つらい、くやしい思いもしただろう。

そこまでして守るものは、今では、精神的伝統というか、ある種の美意識ぐらいなのだが、この手のものは一度失われてしまうと取り戻せないものであり、なんの役にも立たないように見えて、唯一無二の価値がある――そう、父は感じているはずだ。

継承という時間を生きてきた父には、言葉は通じずとも、義父と通ずるものがあった。だからこそ、少なからぬ対価を払ってまで、時計を救ってくれたのだと思う。

わたしは時計を手にとり、しばし針の動きに見入った。

後日――。

時計はまた、旅に出た。リストバンドが男物で、娘の手首には大きすぎるので、縮めてもらうことにしたのだ。今度の旅は国内なので、それほど時間はかからないだろう。

戻ってきたら、毎朝、ネジを巻こう。娘はこれから人生の船出。忙しくてアンティーク時計なんかにかかわっている時間はないだろうから、それはまだしばらく、わたしの仕事だ。

幸い、今ではそれぐらいの暇はある。

母子家庭の家長となって十六年、時間は常にわたしを急き立てる敵だった。目の前に山積する課題をこなすため、目をつぶって駆け抜ける。それでも時間が足りず、これ以上、なにをどうやって効率化せよというのか、と、途方に暮れた。

そんな慌ただしい人生も、いつのまにか後半の真ん中ぐらいまで来た。これからは時間と戦うのではなく、時間を慈しむことをおぼえなければ。もう残りは限られているのだ。

ネジを巻きつづけよう。生き返った義父のアンティーク時計が、きっと、今までとはちがう時間の使い方を教えてくれるだろう。生きすれて、心弾みすることも少なくなったが、ひょっとしたらまだ、未知のまっさらな光景が、この先、見られるかもしれない。

それでいいかな、お義父さん？　まぶたの裏のなつかしい顔に、ひとり、問いかける。

あとがき

昨秋、ヴェネツィアを墓参りでおとずれた。義父ジャンカルロが数年前に亡くなり、前々から行きたいと思っていたが、仕事、娘の大学受験、コロナと、条件がなかなかととのわなかった。

ようやく行けるというときになって、夫のジュゼッペが亡くなった。何年か前から患ってはいたが、ちょっと前にかわした電話の声は元気だった。わたしたちが来るのを楽しみにしていたのに、もたなかった。あとから聞いた話では、このところ心臓が弱っていたという。猛暑の東京で訃報を受け取ったわたしと娘は、とてもそれが現実のことと思えなかった。お葬式には間に合わず、日本から冥福を祈るしかない。

この事実をどう受け止めていいかわからず、わたしと娘は夜、近所を歩きまわった。それぞれが胸に去来する思いをかかえながら、だまってひたすら、何晩も歩きつづけた。

娘にとっては五年ぶり、わたしにとっては七年ぶりのヴェネツィアだった。わたしの父も、弔意を表したいと、高齢を押していっしょに来てくれた。

ローマの義理の姉夫婦、ヴェネツィア近郊に住んでいる義理の妹夫婦、そして甥っ子姪っ子たちが、一同、ヴェネツィアで再会することになった。が、まずはお墓参りだ。

九月を半ばも過ぎたというのに、ヴェネツィアはまだ夏のような暑さだった。

家のお墓は、サンミケーレ島という、お墓の島にある。しかし、義母がお骨を手放したがらず、骨壺は家に置いたままだという。

手向けるための花を買って、父、わたし、娘の三人で、夫の実家をたずねた。そこはわたしが十年余も住んでいた家だ。

感慨深い思いで表玄関の呼び鈴を押すと、しばらくして扉が開いた。なかに入ると、階段の上、二階の入り口に、なつかしい義母の姿があった。

「シニョーラ、お久しぶりです……」

義母はよく来てくれたと抱擁して迎えてくれた。が、よく見ると髪は真っ白で伸び放題。服も部屋着だ。前はいつも髪をきれいにセットし、おしゃれにしていたのに……。心なしか表情もうつろで、家のなかに入ってからも落ち着かない様子でそわそわしている。

こういうことだったのか——。

義理の姉が前もって知らせてくれていたのだが、義母は以前から自分の殻に閉じこもりがちな性格だったのが、近年、それが激しくなった。頭ははっきりしているのだが、自分の世界に引きこもって、だれにも、孫たちにも会いたがらないらしい。

その変わりように胸が痛んだ。娘も、父も、少なからず動揺しているのが気配でわかる。

わたしはそっと義母に寄り添うと、お花を渡し、「お骨、拝ませてもらえませんか」と頼んだ。

奥の居間に案内された。そこはテレビが置いてあり、食後の団欒に使っていた部屋だ。

長い廊下をたどって奥まで行く途中、遠目に、白い紙が目に入った。日本語で「めぶくやなぎ」と書いてある。一瞬、なにごとかとぎょっとしたが、よく見るとそれは半紙に書かれたお習字で、娘が中学生のころ書いたものを、よくできたからと、わたしが義父母に送ったものだった。そんなものが今もずっと貼ってある。

部屋が暑くならないよう鎧戸を閉めているので、居間は暗かった。電気がつくと、室内がぼうっと、淡い黄金の光で照らされた。

一瞬、タイムスリップしたのかと思った。室内はまったく変わっていない。

入り口と奥の壁は一面の書棚。その棚のあちこちに写真が飾られている。赤ちゃんのときのうちの娘。義理の妹の大学卒業式、わたしの花嫁姿、日本で桜の時期にいっしょに撮った写真。それらに混じり、娘が子どものころに描いた、つたない絵……。

胸を突かれた。そこは記憶の殿堂だった。家族のしあわせな日々が、そこにとどめられている。

遠い国にいる孫娘のこと、別れてしまった嫁であるわたしのことも、ここで、こうして、見守ってくれていた。さびしさを日々、噛み下しながら、遠くからわたしたちの無事を願ってくれていた。頭が垂れた。わたしと娘がなんとかやってこられたのは、義父母の祈りがあってのことだったのだ。

「お骨は？」と聞くと、ああ、と、義母が奥の飾り棚を開いた。

お骨は飾り棚のなかにしまってあった。三十センチぐらいの壺がふたつ。体格がよかった義父と夫が、こんな小さな壺のなかにおさまってしまった――。

それまでほんとうのことと思えなかった義父の死、夫の死が、はじめて事実として心に迫った。うしろでかすかに父の嗚咽が聞こえる。娘はまだほんとうのことと思えないのか、突っ立ったままだ。

しばらくして顔を上げると、義母が所在なさそうにしている。

ほんとうはいっしょに話がしたかった。最後の日々について話を聞きたかったし、悲しみを、思い出をわかちあいたかった。しかし、そっとしておいてあげたほうがよさそうだ。わたしたちは涙を拭くと、早々においとました。義母は引きとめなかった。

次の日、ヴェネツィアを発つ前に、もう一度だけたずねた。亡くなった夫が住んでいたアパートメント、同じ建物のとなりの部屋に、遺品を取りに行くためだ。

昔いっしょに暮らし、その後、彼がひとりで住んでいた家に入る。荒れてはいるが、なにも変わっていない。壁には折々わたしが送った娘の写真や絵が貼られ、書棚にはわたしが置いて行った本がそのまま置かれていた。

いっしょにいたころ、わたしは彼を自分の世界に引き寄せたかった。日本語を学んでほしかったし、わたしが好きなことに興味を持ってほしかった。なのに、ちっともやらない。彼が歩み寄ってこないので苛立ち、自分を理解してくれないと怒った。わたしはあなたの世界に合わせているのに、そっちは全然自分を変えようとしないじゃないのと。

しかし、そうではなかったのかもしれない。彼はわたしの世界に近づきはしなかったが、認め、受け入れてはいた。いつも自由にやらせてくれた。離婚となったときも、日本に帰ることを止めはしなかった。娘を託してくれた。さびしかったろうに、わたしを自由にしてくれた。

不在だからといって、いないのではない。消極的だからといって、愛していないのではない。終わったからといって、記憶から消えるわけではないのだ。

時を経ないとわからないことがある。時が立ってはじめて、心に立ちのぼることごとがある。ヴェネツィアの家を去るとき、思った。過去は、実は過去ではない。それは現在を生きる自分とともにそこにあり、豊かに息づいている、もうひとつの生なのだと。

本書に出版の機会を与えてくださった社会評論社の松田健二社長、
そして、原稿を一冊の本にまとめるにあたり貴重なご指導、
並々ならぬお力添えを賜りました大竹永介様に、心より感謝申し上げます。

「はじめに」、「ラ・ヴィータ・エ・ベッラ」、「あとがき」は書き下ろし。

その他はブログ「トリリンガル・マム https://trilingual-mom.com」に二〇二二年十月二十日から二〇二三年十二月三日にかけて発表された文章に加筆修正したものです。

筆者紹介■辻田希世子（つじた・きよこ）

1965年、大阪生まれ。上智大学外国語学部比較文化学科卒業。広告代理店にてコピーライターとして働いた後、1995年、イタリアへ留学。ヴェネツィアに移住し、ライターをしながら、ヴェネツィア大学、ボローニャ大学で日本語を教える。元イタリア記者協会会員。
2007年、日本に帰国。2019年にHPトリリンガル・マム https://trilingual-mom.com を開設、イタリアおよび英語に関するエッセーと情報を発信している。翻訳書に「くろいちょうちょ」（講談社）。

ヴェネツィアの家族

2024年7月10日　初版第1刷発行

著　者　辻田希世子
発行人　松田健二
発行所　株式会社 社会評論社
東京都文京区本郷2-3-10　〒113-0033
tel. 03-3814-3861/fax. 03-3818-2808
http://www.shahyo.com/

装幀・組版デザイン　中野多恵子
印刷・製本　倉敷印刷株式会社